流淌于时间之上

颜光明 陆梅 / 主编

文化名家走读大运河

上海社会科学院出版社
SHANGHAI ACADEMY OF SOCIAL SCIENCES PRESS

每个人的"移动的院子"

（代序）

没有赛那就没有眼前的这本《流淌于时间之上：文化名家走读大运河》。

赛那，是一款汽车，俗称家轿，即家庭轿车。赛那自问世起，就受到用户的青睐，专业人士的好评，收获了社会的认可。

赛那是家庭轿车的升级版。除了进化及出色之外，其可圈可点之处，是将看得见或看不见的含蓄和内敛当作讲究的范例。客观地讲，这是将"移动的家轿"升级为"移动的院子"的一种认知，源自"量产幸福"的理念。深层次观察，它形象又生动地诠释了汽车的本土性，以及中国式生活的理念。

这是对家庭轿车的人文关怀，相对于浮躁的汽车传播和消费具有积极的现实意义。

回顾不长的中国家庭轿车史，从对"家庭轿车梦"的追求，到拥有和普及，再到当作标签和符号化的消费狂欢，家庭轿车的异化已成为不可回避的攀比或跟风所滋生的诸多社会问题之一。这产生了引发焦虑，进而头痛却难以化解的"死结"。从仿效西方生活方式的盲目到追慕智能科技的虚拟无度，继而引发生存压力和生态结构的改变，深陷"硅谷效应"而不能自拔，沦为"一半是机器，一半是动物"。这种无序乱象，岂能不忧？

在这样的背景下，赛那，"移动的院子"问世所引发的共鸣不再局限于汽车本身，而是家庭轿车属性的回归，家庭轿车有了"家文化"

的支撑。其内核正如汪曾祺所说："理想的住家是独门独院。一砖一瓦，一纸一墨一笔，记载着中国人的传统的家庭观念和生活方式。"兜了一大圈，付了不少学费，人们才意识到，向内的人生才是家庭轿车消费的本质。

"双辕车，乌篷船，山高路远。"

这是古代的出行方式。以千年大运河作为"家文化"的背书，赋予"移动的院子"的厚度，阐释"家是出处，也是归途"的终极情怀，也是每个人心目中的"院子情结"。从"大众之命，惟汴河是赖"的古代，到车路协同的当下，事实上并不遥远，就像奔流千年的大运河，今天依然能够对话，相互关照和呼应，让"移动的院子"有了古今"灵魂"上的响应。南北地缘文化就此打通，将"伦理文化"与"诗性文化"融合，构建起内涵丰富，意境深远的中国式车轮上的生活美学，凸显魅力和涵养。

历经一年的酝酿和准备，以走读大运河的方式组织相关作家和名家梳理大运河沿岸城市的变迁和人文历史，引入文学滋养汽车，落笔为文，以古为新，道行天下，这在中国汽车文化建设中还是首次尝试。在作家的笔下，"如果没有大运河，中国传统文化一定会单调与贫乏许多"。在历史学家看来，大运河是古代中国的"主干大街"，亦是古代的高速公路，及当下城市集群的雏形，富含市场、流通、网络等今天看来已不陌生的概念，恰恰反映了中国文化的博大情深，显现智慧和强大的活水源头。沿着大运河一路走来，我们可以看到，一部大运河文明史，其实就是大运河城市的发展史。

以今天的眼光看北京和苏杭，回望扬州等名城古都，不难发现，大运河上漂来的这些城市，不只是繁华和富庶，还有城市文化和生活方式。与农耕文化有所不同，早于西方数百年，甚至上千年，这些城市就拥有了现代城市的要素，呈现出开放和多元、包容的思维，孕育了泱泱大国的气质和雍容华贵的仪态，犹如璀璨明珠熠熠生辉。

"实用退场，审美登场。"

这是今天人们对大运河价值的重新认知，大运河由此成为全人类的文化遗产。赛那借大运河试图阐释，汽车文明离不开源远流长的河流滋养起来的"家文化"，可以追溯到因出行诞生的各种交通工具。虽然家庭轿车的产生，揭开了现代文明的序章，促进了工业化的普及，加快了时代更替的步伐，但最终还是要有"院子情结"的推动，生活才能丰满，富有诗性，生命才有意义，具备价值。

《流淌于时间之上：文化名家走读大运河》是为赛那"立心"的读本，与赛那产品并无本质的关联，但文化勾连，心有灵犀。这种看似的无用，却是有用的不可或缺的点缀，反映了器物的"灵性"，并非高科技的智能所能替代，具有"无用之用"。

笔者相信，文学置于汽车的温馨犹如润物细无声的伴随，它是人与车沟通的精神介质，是可以安放个体和家的载体，更可以是移动的院子。这正如杭州人喜欢在运河边上休闲，称"走运"；北京人把运河视为曾是"帝都命脉"，活的文物；而中原人则将运河当作古代中外交流的重要枢纽……

悠悠万事，走读大运河。这是对"家"的致敬，也是每个人的"移动的院子"。

颜光明

2024年写于春节

目录

1　每个人的"移动的院子"(代序)

1　从通惠河开始
　　徐则臣

13　运河舟舻过天津
　　龙　一

25　流淌于时间之上：关于运河沧州段的记忆与怀思
　　李　浩

37　漫话香河北运河
　　张玉清

49　老去情怀，犹作天涯想
　　桫　椤

61	船行天下	
	墨　白	

71	在运河边歌唱	
	汗　漫	

83	运河流过故乡的平原	
	周蓬桦	

93	纸上行舟：王世贞的大运河之旅	
	盛文强	

103	跟着运河走人生	
	叶　炜	

115	在花巷	
	杜怀超	

125	里河畔的院落	
	周荣池	

135	吾心归处在"青果"	
	薛焕炳	

147	江南运河：生生不息地流淌
	徐澄范
157	运河波映无锡城
	黑　陶
167	常相伴
	荆　歌
177	在拱宸桥上
	陆春祥
187	流水经过的庭院
	草　白
197	流经南方的运河
	赵柏田
203	西兴三年与绍兴一日
	哲　贵
213	绍兴旅馆
	马　炜

从通惠河开始

徐则臣

徐则臣

关于京杭大运河的常识中，颇费思量的问题之一，大概是运河的流向。北京与杭州，一北一南，水是自北向南流，还是从南往北走？照中国地势，北高南低，水理当由北向南；若按中国水资源分布，大水泱泱于南国，多者济寡，运河应该自南而北。事实上都不是。京杭大运河是条人工河，人工河跟自然河流的重大区别，就是以合目的为首要。

自然河流乃天作之河，它的生与长都听大自然的，源头在哪里，它就从哪里出发，目的地在何处，它最终就归附何处。从上游到下游，起承转合，生死奔赴。所以，就整体而言，它的流向只能是单一的自上而下、自高及低。横贯中国东西的五大水系，钱塘江、长江、淮河、黄河、海河，因为中国地势北高南低同时西高东低，它们的整体流向只能是自西向东。三江源雄踞高原，海拔四五千米，所以黄河之水天上来，奔流到海不复回；所以飞流直下三千尺，唯见长江天际流；所以无边落木萧萧下，人生长恨水长东。

京杭大运河没法这么快意决绝，它没有源头，或者说没有固定的水源。运河者，人工开凿的通航河道也，借水方能行船。看人家脸色行事，那只能怎么便捷怎么来，所以它的流向取决于所借水源的方位，自己不能拿主张。水源在南，它的流向就是自南而北；水源居北，它的流向就是从北往南。由此，就京杭大运河整体而言，其流向既非从南向北，也非自北而南，而是忽焉南北，又忽焉北南，有时候东西两向也会变化，门前流水尚能西，在运河沿线真不是传说。

那么，作为京杭大运河最北一段，也就是从天津至北京的北运河，是从南往北流，还是从北向南流？

当年漕船过天津往北京行进，是最后一段的"北上"。元代定鼎大都，皇城居北，朝见自然是面"上"；地势也是"上"，燕山山脉拔地而起于北京之北，那的确是高地；就行船而言，也是"上"，逆水谓之上行：当年一众漕丁远远看见通州的燃灯塔，心下甚是欢喜，几个月风雨兼程的苦旅终于熬到头了，但手下和脚底却不敢放松半毫，运河水量堪忧，又是逆流，划船的、使帆的要憋足劲儿，岸上的纤夫也得绷紧绳，"杭育杭育"，身体倾斜，几与大地平行——由此可知，大运河在北京和天津这一段，是自北向南而流。

如果自北京水路南下，那么北京的水源从哪里来？事实上，大运河并非到了北京边上的通州就算结束了，北京城内还有复杂水系。这些水又从哪里来？

千难万险费尽周章，漕船到了通州，的确相当不易。元初年，郭守敬领元世祖忽必烈之命规划运河山东段，开凿疏通河道，同时将隋唐运河裁弯取直，如此一来，运河自杭州至通州，缩短了900公里。运河行船，顺顺当当一天也就30公里，九百公里当然是个大数。关键是，时日迁延，河道废弛，天灾人祸频仍，隋唐运河北行越发步履维艰，郭守敬的规划疏通对北中国的运河就有了再生之意义。漕船帆涨满，至通州卸下漕粮，折身南返。

1293年之前，漕粮和沿着运河远道而来的货物都要先堆积在通州，一点点经由陆路运到京城。大都的居民过百万，做皇帝的、当大臣的、居后宫的、守城郭的、做大小生意和打杂的，吃穿用度所需不会少，还有宫殿要建、民房要修，砖瓦木料也靠运河从南方运过来，张家湾码头各类物资肯定积压如山。通州到大都25公里，车载马拉时代，这个路程不能算短，蚂蚁搬家一样往皇城里运，看着确实让人着急。忽必烈就烦了，再召郭守敬上殿，还得再想办法。粮食从杭州一路到通州都挺顺溜，眼看吃到嘴了，反倒觉着隔了千山万水了，这不行。

年逾六旬的郭守敬再次披挂上阵，这次他要打通京杭大运河的"最后一公里"，就是开凿从通州至大都积水潭的通惠河。这"最后一公里"是从整个京杭大运河来说的，若单从北京自身论，谓之"最初一公里"也说得通，因为这一段运河涉及整个北京城的水源。

历史学家谈起北京过去的水资源，似乎普遍乐观，可以理解，跟现在这个地下水几乎被抽空的巨无霸大都会相比，过去任何一个时代都会有一个朝云暮雨的好日子。但无论哪个朝代、雨水有多丰沛，参照真正的水草丰美之地，北京都是个干旱之城。放在郭守敬时代，同样如此，所以我们的大科学家费尽心思去找通惠河的水源，直至找到白浮泉。

坐落在北京城北昌平区化庄村东龙山东麓的白浮泉，又叫龙泉。明《隆庆昌平州志》载："州东南五里有龙泉山，上建都龙王庙，山之东麓泉涌山下，石窦潆洄，如玉喷吐，清冽可爱，州之游观者无间四时，盖以此为便。"有诗赞曰："苍翠云际岑，流泉清且深，常疑有龙伏，喷玉解为霖。"龙泉被列入"燕平八景"之一，美其名曰"龙泉喷玉"，至清，又改名为"龙泉漱玉"。1990年侯仁之先生《白浮泉遗址整修记》中说：因"水出石雕龙口共九处，下注成池，遂有九龙泉之称"，也叫"九龙池"。

都龙王庙还在，初建于元代，明洪武年间重修，巍峨昂扬，派头自不必说。单名字就一目了然，全北京的龙王庙都叫龙王庙，白浮泉的龙王庙多一个"都"字做前缀，意思很明显。那时候的"庙"也分等级。比如城隍庙，明代永乐定都北京后，南京作为陪都，首都和陪都自然都重要，所以这两地的城隍庙有的前头就加了"都"字，叫"都城隍庙"。西安的城隍庙要统辖西北地区的城隍，所以西安的城隍庙也"都"了，被升格为"都城隍庙"。都龙王庙，领头的嘛。作为运河北端的源头，它当然配得上。现在都龙王庙成了白浮泉遗址公园的打卡地，香火繁盛，每年这里都举办庙会，祈雨习俗也在此延续至今。"九龙漱玉"现在也有，只是不知道此水是自然的泉水还是人工的自来水。不过水出龙口的确如玉喷吐，池中水也清且深。

白浮泉作为源头的辉煌不过百年。元末，白浮堰和引水渠因疏于管理而湮废，后来明代修十三陵，担心白浮泉等陵地龙脉被截，就把白浮泉打入了"冷宫"，弃之不用。但当年郭守敬一众背负干粮和各种测绘工具，在多日田野调查之后见到白浮泉时，它的水势之丰沛想来是喜人的。否则郭守敬也不会断然决定：此源可引，此水可用。

要说到海拔，可引可用皆事关海拔。郭守敬最早将"海拔"概念用于地理和测量学，早年在治理西夏黄河时，他已经利用海平面原理探索出一套行之有效的治河经验，比西方同类的大地测量早六百二十年。

北京地势北高南低、西高东低，让白浮泉水直奔东南大都当然最便捷，但有沙河、清河两河当道，而且河谷低下，一奔东南就被它们带跑了。羊入虎口当然不行，郭守敬拦河改道，筑起一道白浮堰，阻止白浮泉水流入东沙河。他要把白浮泉水往西引。往西是走高，不过这高是暂时的，经过测量，郭守敬发现白浮泉地势高出30公里外的西山山麓大约15米，落差在，水自会寻找前路，往低处流。西引之后再往东南折。这一路他也有规划，沿途可以招兵买马，白浮泉只是个源头，是个引子，只此一泉是难堪大任的。《元一统志》载："上自昌平白浮村之神山泉，下流有王家山泉、昌平西虎眼泉、孟村一亩泉、西来马眼泉、侯家庄石河泉、灌石村南泉、榆河、温汤、龙泉、冷水泉、玉泉诸水毕合。"诸水汇聚方可成事，它们一起流入瓮山泊，再"至西水门入都城"。瓮山泊就是今天颐和园里的昆明湖。流到瓮山泊的这条月牙形引水渠名为白浮瓮山河，长约30公里，前后挖了一年多。这一路地势西高东低，引水渠东水西流，局部逆势而上，在不懂海拔概念的时人看来，那的确堪称神奇，所以当时有人感叹：

"守敬乃能引之而西，是不可晓。"

瓮山泊的水继续东流，汇入海子，也就是今天的积水潭，积水潭由此确保了水面汪洋。水源不断，从通州到积水潭的运河开凿成为可能。郭守敬根据地形地貌的变化和水位落差，沿线有针对性地建设闸坝和斗门，及时解决了行船所需的水利条件。史料载，至元三十年（1293）七月，通惠河成。忽必烈从上都（今内蒙古锡林郭勒盟正蓝旗草原）回到大都，路过积水潭，但见积水潭上"舳舻蔽（蔽）水"，龙颜大悦，赐名京杭大运河的这"最后一公里"为"通惠河"。至此，南来的生产、生活和建筑的诸般所需都可以沿水路进入大都腹地。京杭大运河终成矣。

需要说明的是，今天的积水潭已不复当年的壮阔，昔年帆樯林立的积水潭已然萎缩成今日的什刹海。还需说明的是，尽管通惠河河道畅通，但行船条件依旧相当苛刻，规制统一的漕船还是没法拐个弯就直接驶进积水潭。漕船只能停靠通州，将漕粮卸下，由小船接力运往大都。

通惠河的开凿在当年无疑是划时代的壮举，但沧海桑田，千年的大道走成河，千年的大河也可以上升成道路。写长篇小说《北上》时，我曾请专家做向导，一路讲解通惠河。在通惠河通州起点处，我们沿着河边漫步，河水零落，的确是难以想象当年帆樯接踵的繁华。绕过一座桥，走到对面的堤岸上，再往南，上了另外一条与通惠河平行的马路，专家指着脚下的大马路，然后抬起手指，一路指向前方，说：这才是当年的通惠河。我悚然一惊。不仅是因为通惠河平行北移如此之远，更是感叹千百年里曾有的沧桑巨变。置身那个时代，一切都平淡无奇，而世易时移，点滴的变化也会被时空放大，成为难以还原的惊天之变。

当然不变的也有，比如燃灯塔和张家湾的通运桥。在北运河与通惠河的交接处，一塔一桥堪称标志。当年的漕船沿河北上，远远看见燃灯塔，一颗心彻底放下来，这一趟天涯苦旅终于可以结束了。漕运远非现在影视剧中演得那么美好——完全成了远方与漂泊的诗意担当。几个月里风餐露宿，你能想象的一切水路上的意外和灾难都可能发生。看见燃灯塔，等于接到了成功抵达的信号。

在今天迅速生长的楼群里，灰突突的燃灯塔身陷重围，再沿运河北上，你用高倍望远镜也很难发现它身在何处。但在漕运时代，它是整个通州的制高点。56米的燃灯塔始建于1500年前的北周，又称燃灯佛舍利塔，为八角十三级密檐式实心砖塔，须弥座双束腰。作为当年通州古城的标志，与临清舍利宝塔、杭州六和塔、扬州文峰塔并称"运河四大名塔"。北周之后，燃灯塔历经多次重建和修缮，最近一次重修在1987年。不是燃灯塔变矮了，而是楼房们畸形地更高了。漕运时代结束后，观看燃灯塔必须换一种方式，那就是走到它近前。围着塔基转几圈，抬头再看，我知道，此刻感受到的它的雄浑伟岸，跟700多年前郭守敬感受到的毫无二致。

沿空旷荒芜的运河河道继续南行，很快到张家湾的古城门。

去看张家湾正值酷暑，虫鸣蝉噪，路旁的白杨树叶蔫头耷脑，河边稀疏的芦苇和荒草虚弱地歪着身子。下脚稍重，晒焦的尘土就一簇簇地扬起来。那是我第一次到张家湾，当年大码头的盛景不复再现。镇子里一排排红砖瓦平房，外带一个四方小院，院墙上爬满丝瓜、吊瓜、葡萄藤和见缝插针顽强生长的杂草，跟我苏北老家的款式和布局完全相同。午休者尚未起床，水泥路面的街巷空无一人。有些人家门口停着小汽车、三轮车、摩托车和自行车。有几只鸡鸭鹅在街巷里如主人一样雍容地漫步。

从一条宽阔的巷子走出去，正对着通运桥和张家湾的老城门。老城门没什么好说的，青砖条石一码到顶，保存得相当完好。据说城门跟曹雪芹颇有些关系。一说曹家在张家湾开过两家当铺；另一说，曹雪芹曾在城门旁边的表亲家借居，总之他没少出入这城门。《红楼梦》里写到林黛玉进北京，曹雪芹就让黛玉在张家湾上的岸。

因为横跨萧太后河,通运河俗称萧太后桥。萧太后河在这个炎热的中午也十分地不景气,涓涓细流;河里的水草和苔藓是黑的,所以也辨不清穿过水草和苔藓的细流是不是黑的。萧太后是辽国的太后,听名字就知道此河来头甚大。可见宋辽之争时,这条河曾流淌在辽国的大地上。通运桥初建是木桥,明神宗时易木为石,万历三十三年(1605年)十月告竣,赐名"通运"。清咸丰元年(1851年)稍事修葺,主体仍是万历时的"通运"。萧太后河开凿时目的明确,即运送兵粮,兵车过后,因为靠近北运河,自然成了货物转运的通道。

通运桥南北向,长十三丈,宽三丈,两边设青砂岩石栏,桥两边各有雕狮望柱二十二根。狮子们形态各异,正大者庄严,顽皮者呆萌,惜乎年深日久,风化和破坏也显著,好几只狮子只剩下了半张脸。桥身也免不了岁月的摧残,石缝里长出了各种小树,桥两端也显见曾多

次修补，碎石瓦砾和现代化的水泥赫然其间。四百岁的老人已然风烛残年。

铺设桥面的大长条石，当是建桥时的原配。一块块花岗岩沉稳宽厚，在太阳下发出着了包浆的白光。每一块石条上都摞满深陷的车辙印。对，石头凹陷下一道道车轮宽的槽坑。木轮车年代，南来北往的车轮包裹了铁皮，在石头上来来回回碾压。先是一道白痕，一年过去，石头凹下一寸，再一年，又凹下一寸，如是反复。三百多年里，无数的车轮逐渐走在碾出的固定的槽印里，车辙于是越陷越深，生生在石头上开出一条条时光的通道，如同在大地上挖凿出一条贯穿南北的大运河。

这情景我在京西古道也见过。古时从门头沟进出北京，经商、运兵、避难逃荒、寻亲访友，以及当地人日常需要，在京西的平川和山地中辟出了很多条通道，尤以"京西古道"为最著名。这古道，据说就是马致远《天净沙·秋思》中"古道西风瘦马，夕阳西下，断肠人在天涯"的古道，古道边还建了马致远的故居。山道路滑，踩到石头上更难保持平衡，驮满货物的马匹也学乖了，本能地踩着前辈的蹄印往前走。两千五百年下来，石头上的蹄印便逐渐深刻，先成蹄窝，再成蹄坑。今天你到牛角岭关城，在一片倾斜的石头路面上，就会看见那些触目惊心的马蹄坑窝。闭上眼，想象那个历史现场，你肯定能看见一支支商队钉好蹄铁的马匹踏入那些坑窝时，蹄铁击打石头溅出的细碎火花。

时光留痕，通运桥上的车辙印记和京西古道上的马蹄坑窝犹在，如同那时候的一切都在。

北京地铁2号线积水潭站地铁口旁边,从门楣上镌有"汇通祠"字样的石牌楼进,沿左手边一座小山脚环行,初极狭,五十步后,豁然开朗,一片浩瀚的水面平铺眼前。这是2022年2月的最后一天,大风,我把脑袋缩进羽绒服里。岸边垂柳舞动着光秃秃的枝条,穿行在水上栈道的游人也身着棉服。眼前的一片水域辟作了荷塘,春寒料峭里黑瘦干索的荷茎探出水面,像吴冠中笔下的枯山水,可以想见夏日十里荷香的壮观。大风走在水上,拉扯着千百枝枯荷茎,如琵琶反弹,铮铮然有沙场点兵之声。再旁边是一丛丛干枯的芦苇。这种景色我熟,自小生活在河边,水多芦苇就多,尤其是横穿乡野的运河,芦苇旁若无人地疯长,浩浩荡荡可绵延数里。不过此芦非彼苇,这是观赏的品种,清峻挺拔,韧劲十足,大风来了,低头弯腰一下又齐刷刷地站直了。

面对这片二月底西海的,除了我,还有立在河边的郭守敬,两三米高的一尊石像。老先生着官袍,左手持卷,右手指点,双目炯炯,他看见的应该不止西海,积水潭、北京城、通惠河、京杭大运河,乃至整个天下可能都在他眼里。

我来到郭守敬纪念馆。

馆在山上。沿小山石阶蜿蜒而上,直达汇通祠。汇通祠便是郭守敬纪念馆。坐北朝南的这座祠,红墙灰瓦,耸立在我头顶。再拾级而上,迎面便是山门。该祠原称法华寺,又叫镇水观音庵,明永乐年间由朱棣宠臣姚广孝所建。明代的德胜门西设置水关,挑了这地方堆土为岛,水从两边流入积水潭。为平安计,岛上建了镇水观音庵。到清乾隆帝时,他下诏疏通河道,重修此庵,赐名汇通祠。汇乃水聚,通即畅达不滞,理水的愿景与镇水观音异曲同工。当然,现在的山早不是永乐年间的山，祠也非乾隆时期的祠。1976年，修二环路地铁，汇通祠被夷为平地。十二年后，又积土成山，重建了这座汇通祠，也是在这一年，国庆盛典之日，复建后的汇通祠辟为郭守敬纪念馆，正式对外开放。

纪念馆保持了过去庵与祠的规制，进了山门，是一个四合院，因为建在人工堆垒的小山上，空间没法太大，中间一座殿，四周边是厢房。典型的中国古典建筑，小而精且美。殿前又一尊郭守敬石头雕像，这次是坐着的，他斜上方的大殿匾额上写着：郭守敬纪念馆。

这也是纪念馆的第一展厅，以大事记的方式介绍了郭守敬的一生。馆不大，我用半个下午就看遍了五个展区。看完后反刍，发现内容并不少，关于郭守敬，我希望知道的皆有所示，先前的盲区，展陈也以不同的方式尽数呈现给了我。

理解京杭大运河，通常会局限在运输功能上。没错，千里长河一旦开，南方的稻米即源源不断运抵京城。漕粮之外，海量的物资也沿这条黄金水道接踵而至，大大补济了北方的贫乏与荒疏，这是看得见的功能。还有看不见的，看不见往往更重要。比如政令的通达、国家意志的落实、民族认同感的建构、不同地域间经济文化的交流融通，等等，都运行在这条堪称其后整个封建时代的高速公路上。尽管这是后话，但要追溯起来，无论如何我们都绕不开一个郭守敬。

在展厅里，我聊发少年之狂，顺道体验了一把小朋友的观展方式。纪念馆特地为孩子们开发了体验式观展，把游戏和艰深的物理、水利原理结合起来，通过多媒体让孩子自己动手，寓教于乐，在游戏之间就弄明白了当年郭守敬在河道上建水闸、节水行舟等的重大水利发明。不得不感叹，现代声光电等技术在展览中的作用非同寻常。过去我们会认为，看展览完全是一种单向的、刻板的知识性的获取活动，而今博物馆已然成了全方位、立体的视听盛宴，同时也是历史与当下的有效互动与对话。郭守敬奔波在河山之间时，断不会想到七百多年后，他的所思所行会以别种方式更加快捷生动地呈现出来。

郭守敬想必也不会预料到，他与一座城、一条河、一个国家之间的关系，会以一座纪念馆的形式被高举在积水潭边。这是一座城在致敬一个人，甚至不只是一座城在致敬，而是整个国家在向他表达敬意。积水潭正是他当年任职的都水监的府署所在。

作者简介 / 徐则臣

作家，《人民文学》副主编。著有长篇小说《耶路撒冷》《午夜之门》《夜火车》《北上》，中篇小说《跑步穿过中关村》《苍声》等。获茅盾文学奖、鲁迅文学奖等。曾参与《行走大运河》节目录制，是"大运河文化推广人"。

运河舟舻过天津

龙一

天上掉下个"天津卫"

当漕船驶入天津平原水系时,漕丁们便知道,大运河上北运漕粮最艰难的日子已经过去,此时此地,秋高气爽,稻米新熟,海鲈鱼正肥,"港梭鱼"刚刚上市,天津美食"干饭熬鱼"甚合江浙漕丁的口味。暂泊此地,排队等候进京卸粮交差,称得上是漕丁们每年最舒适的假期。况且,此时他们还可以将藏于槽船夹层,避税携来的南方货品就地发卖,所得赢利既是他们在北方过冬的"盘缠",也是他们寄给家人的"日用",余下的本钱他们当然得保存好,以待明春南返时置办北方货品。因为漕丁们多半是世袭此业,薪资极薄,若没有这份夹带而来的外快,他们全家都得饿死,所以,漕运沿线的上下左右,对此中奥秘多半都是默许的态度。于是,价格"格外克己"的洋广杂货、江浙土产、云贵川广地道药材,便由天津的各个漕船泊碇之处流转至华北平原乃至东北平原和西北各地。

当然了，上面的情景只能发生在元代疏通京杭大运河之后，况且，即使在那时也还没有天津这个地名。自远古以降，不论是黄河，还是发源于西部山区的其他数条河流，自西向东，从北至南，流淌不息，冲积出北京小高原和天津平原，到20世纪初，天津平原仍然是河汊纵横，洼地无数的水乡，河中水位跟随渤海的潮汐涨落，为数不多的居民全都住在名叫"沽"的水中高地上，因此天津才有七十二沽之名。当然了，有田野考古证据证明，战国至西汉时期，天津平原曾经被开发了四百多年，好像形成过不错的群落村镇，可惜公元前47年，"五月，渤海水大溢。"（《汉书·天文志》）天津平原海侵过半，便一下子又荒芜了一千多年。

回来接着说运河，史料和地理考察中都有曹操开凿运渠，为北征乌桓运送粮秣装备之事，这条运渠确实途经天津平原。隋唐大运河通航后，有个小小的漕运支脉专门为幽州与蓟州供应军粮，漕船的集结地在海河干流的"三会海口"，这件事挺重要，如果将开元二十七年（739年）"幽州节度使增领河北海运使"（《新唐书·方镇表》）作为开端，天津的海河正式与大运河接通航运的时间也就有了着落。只是，这些事距今天的话题太远了，日后有机缘再表，今日所言，多是元代京杭大运河全线通航之后的事。

现在我们说一下天津这座城市的由来，其实一点也不复杂，主要是因为有一条河，它曾经有过不少名字，沽水、直沽河、大沽河、白河、海河，等等，为了避免麻烦，本文中一概称其为海河。海河常被称为"九河下梢"，常规上讲它是五大支流的入海口，所以叫海河最贴切。五大支流曲曲弯弯，海河干流弯弯曲曲，加上无数的洼淀河汊，天津平原是芦苇和鱼鳖虾蟹的天堂，并非人类的宜居之所。

还没有天津城之前,曾有两位世界级的旅行家从天津"经过",第一位便是意大利旅行家马可·波罗。元代至元二十八年,经过十年开凿疏浚,京杭大运河全线开通,自杭州北上直达元大都。马可·波罗此前已经两次南下杭州,因大运河尚在疏浚之中,他只能水陆兼行。到了京杭大运河全线开通这年,幸运的马可·波罗恰好奉命护送"阔阔真公主"下嫁伊儿汗国,从大都南下,经杭州至泉州出海,他和阔阔真公主一行,应该是为京杭大运河全程"剪彩"的第一队贵宾。当然了,从北运河南下至海河的三岔河口,在转入南运河之前,他们在优良的泊碇之地三岔河口休整数日是应该的,附近的直沽寨官兵前来拜见公主和官长,供应肉食、蔬果也是分所当为。可惜的是,那本口述的世界名著《马可·波罗游记》中,只记载了南运河的南端临清,并没有记录三岔河口与直沽、柳口等天津地名,也没有记录经海上由

南至北运送粮食和物资、停泊在海河大直沽的海船，这可太不应该了。不过，没记就没记吧，反正他走完了京杭大运河的全程，天津的海河是必经之地。但没提这几个地名还是有些让笔者不快，因为柳口在马可·波罗经过该处52年之后改名为"杨柳青"，114年后直沽被赐名为"天津"，设立"天津三卫"，并且建造起一座方方正正，像模像样的城池。值得夸耀的是，天津并没有忘记马可·波罗，读者诸君若有兴来天津一游，意式风情街上有一座百年历史的马可·波罗广场，中间伫立着和平女神塑像，是个摄影留念、逛吃逛吃的好去处。

另外一位世界级的旅行家伊本·白图泰，是1346年到达泉州的，他的游记对泉州与杭州有着较为详细的记录，至于说他在游记中记录的关于元大都的情景，后人多认为他是耳食之徒，所谓记录只是"转述"而已。笔者却认为，在那个时代，伟大的旅行家们能够记录"眼见"固然重要，能够将"耳听"也记录下来，同样重要，毕竟那个时候旅行太艰难了，多搜集一点信息并记录下来，便是功德。但由此也可以确定，白图泰先生未曾在大运河上乘船北上，也没有路过天津，可惜了。

天津是一座幸运的城市，她有准确的"生日"。明朝永乐二年十一月二十一日，即公元1404年12月23日。永乐皇帝朱棣刚刚夺得侄子的帝位，迁都北京，皇权尚未完全稳固，于是他决定在北京南边创建一个强大的卫所，最初是天津卫，后又设左卫与右卫，并称为天津三卫。卫所的城池建在南运河与北运河交汇点附近的小高地上，城池的规模如今仍然留有清晰的痕迹，就是天津市内东南西北四条马路围住的区域。

"天津"这个名称的来源，历来有些不同说法，最常见的是朱棣在

"靖难之役"中率军南下,在天津的直沽渡河,后来便借着"天子渡口"的吉庆语义,将此地命名为"天津"。然而,无论怎样美化,"靖难之役"在当时都是朱棣的谋朝篡位之举,笔者认为,以朱棣的明察干练,绝不会把这么重要的新建卫所命名为自己篡夺皇位的"罪证",所以,此说只能算是"传说"。

第二个说法笔者认为更可信些,就是"天津"来源于"天津星官",即二十八星宿中"女宿"的星官,意思是"天上银河的渡口",典出唐代东都洛阳皇城南面的"天津桥"。朱棣在此设立卫所,沿大运河北上的士农工商,经过天津卫算是北上朝晋真命天子,而朱棣本人或是他的诏令沿大运河南下时,则算是真命天子广有四海,"率土之滨,莫非王臣",即使尚未稳定的江南有反王、叛军北上,到了真命天子的渡口,也该幡然悔悟,拜伏称臣了。

于是,天津卫被建成全国最强大的卫所之一。明代的卫所制度是寓兵于民、屯守结合的军事单位,都指挥使司统率5 600名军人为一卫,再加上不少于两倍军人的家属,每一卫至少2万人,三卫就有6万人之众。这些军人和家属全都征调于明太祖朱元璋的老家安徽凤阳地区的固镇,算得上是朱家的子弟兵。他们带着自己的语言、习俗、农具和种子,浩浩荡荡,沿着大运河来到天津卫,形成了一个独特的文化群落。时至今日,天津市依旧是一个"方言岛",天津话口音和安徽固镇非常接近。

依照明朝卫所制度,卫所之中除了军人和家属,还会广泛招募工匠和流民,因此,天津城建立之初,城内居民应该在十万人上下。可以说,天津卫是京杭大运河上唯一在隋唐大运河通航八百年后,沿岸凭空建成的大城市,甚至是中国近千年历史上唯一凭空建成的大城市,说她是从天上掉下来的并不为过,从这方面讲,天津挺幸运的。

"您吃了吗"

在天津方言里,"您吃了吗?"这句问候语应用极广,即使到了今天人们不再为吃饱肚子发愁的时候,"您吃了吗"仍然像英语世界的"Good morning"一样应用广泛。只不过天津的地方口音有个吃字的习惯,如果您听到的是"吃了吗",对方绝无不敬之意,而是他将"您"字在上腭与舌面间一抿,给吞咽掉了。

"您吃了吗?",句子虽短却意味深长。简单来说:您若是吃了,我替您高兴;您若是没吃而我有得吃,我愿意分享一口给您;您若是吃了而我没吃,或许您也愿意分享一口给我;如果咱俩都没吃,那么咱俩一起去找饭辙。这句问候语中隐含的是华夏文明历经五千年的,最为根本的伦理标准,这就是"仁"。那么这句话与大运河有什么关系?其实关系非同小可。

我们在考察大运河的开掘动机和历史意义时,往往着眼于它的政治功能与军事功能,这样做没有错,但远远不够,因为,最根本的"民以食为天"才是大运河存在的真正理由。自隋唐五代,至宋辽元明清,大运河的军事需要皆为一时一事,政治需要则是将南方的部分赋税以漕粮的形式运往京城,作为政府日常开支的"货币代用品"。其实这些都是表面现象,从根本上讲,中国北方地区常年干旱少雨,粮食作物产量极低,尤其是小麦、大麦等大籽粒农作物的种植与收获,不足以养活北方都市日渐增多的人口,为此,大运河年复一年地将稻米从一年两熟的江南运送到北方,这叫"损有余以补不足",是中华民族最根本,也是最成功的治国理政方案,而且历时一千余年,为华夏文明绵延不绝的国运提供了可靠的保障。

话说回来,在问候"您吃了吗"之前,天津人多半是要先喝茶的。可惜的是,天津没有好水,因为海拔太低,挖地一米就能见水,但是是盐碱水。于是,每天早上都有卖水人为各家各户送"御河水"。御河是哪条河?当然是南运河,自元代它有了这个名字,日后无论明代改称"漕河",还是清代改称"卫河",天津人仍将"御河"叫了六百多年。当然了,御河水毕竟是"地上水",虽然比地下的盐碱水好一点,但也并不好喝,于是天津人普遍喝茶,而且主要是香花窨制的茶叶,如茉莉、珠兰、芭儿兰(白兰花)之类的花茶,至于龙井毛峰等精细绿茶,因为味道太淡,压不住水味,好之者甚少。一直到20世纪80年代"引滦入津",天津终于有了好水,通水那天,天津市政府给每户市民赠送半两"茉莉大方",以试新水,从此天津茶友才算是有福了。

天津地势低洼,元明清直至民国,农业向来不甚发达,却生产一种极为重要的调味品:长芦盐。在明清以降的盐引制度之下,长芦盐的"引地"包括整个直隶、陕甘和东三省,甚至包括山东、河南的一部分。

明清两代,长芦盐场多半使用"淋卤法"制盐。立冬之后,盐丁们来到煎盐场地,取出保存好的上一次煎盐烧过的草木灰,挖坑池堆入草木灰,然后取海水浇入坑池,浸泡草木灰。等到来年春天,将坑池中满含盐分的草木灰取出晾晒,发现灰上出现白色结晶时,便可以用来淋卤煎盐了。之所以在冬季为淋卤做准备,是因为天津的天气冬季寒冷,干燥少雪,有利于草木灰中的水汽挥发。而到了春季,天津干旱少雨,正是煎盐最好的时候。

长芦盐场的煎盐方法是,每口煎灶十名盐丁,伙用一口七块铸铁片拼成的平底浅煎锅，直径五尺，里边放盐卤，下边点燃芦苇烧火，盐丁用木铲推动锅中的卤水和盐晶。注意，卤水不能一次添满，宜随烧随添，以防拼接的铁锅漏卤。就这样干下来，每煎成一锅盐，需要费时三天，得盐十斗。通常，长芦盐场的灶户，每灶一年生产一千八百斤"白盐"，这是进献给朝廷的贡盐，属于奢侈品，另外还有一百四十斤"黑盐"，交给盐商分销各地，供百姓食用。需要特别说明的是，全国的"贡盐"只有两种，除了"白盐"外，另外一种是"淮盐"。

每当长芦贡盐装船北运时，都是有官兵押解的，沿着南运河、北运河，直到北京，长芦盐民这一年才算交差。天津人跟着沾光的是，长芦盐为天津带来美味，也带来大量的就业机会，于是才有了后来的民谚，叫"吃尽穿绝天津卫"，或是"当当吃海货，不算不会过"。

其实，"当当吃海货"这句民谚并不是讲天津人嘴馋不会过日子，而是天津四季分明，大运河与海河穿城而过，渤海四季水产应时当令，过了季节就赶不上吃了。举个小例子，天津著名的家常菜"熬鱼贴饼子"，据说就是沿着南运河从山东临清传过来的做法，只不过临清熬的是河鱼，天津熬海鱼。每年4月，渤海的小黄鱼上市，量大价廉，只有两个月的供应期，京津两地市民自然要大啖一番，手头不宽裕的人家常会将冬季的皮棉袍褂送进当铺，以资口福，因为小黄鱼过后便是对虾和梭子蟹上市，不得不多备食资。等京津两地饱享了一个月的小黄鱼之后，江苏巡抚每年照例进贡的大黄鱼方才经大运河昼夜兼程，送进紫禁城的御膳房。然后就是明清两代的太监与御膳房管事们拿出几百年传承下来的心法，御膳房将已经腐败的大黄鱼重炸重味，侍膳的太监将炸作木炭模样、浇满浓厚酱汁的大黄鱼藏在肥鸡大鸭子和几十个暖锅后边，不让皇上看见。万一某日皇上想起进贡大黄鱼的事，宫中上下会齐声回奏："大黄鱼早已进呈御前，有御膳房日记档可查。"皇上若还是想吃大黄鱼，只能等明年进贡再说，但到了明年，依旧是这个戏码，皇上肯定是吃不到嘴里。所以，明清两朝的皇上最可怜，一辈子没吃过黄花鱼的至少占九成。当然了，还有一种天津出产，全世界独一份的好东西，太监们也不会给皇上吃，这种美食名叫"卫青"。

说到卫青，其实就是天津最先培育成功的青萝卜。而青萝卜产自天津，当真是沾了大运河的光。每年深秋漕船进京，卸了粮食后必须得装上半舱北京的沙土压舱，然后漕丁们驾漕船南返至天津，在此地过冬。到了第二年，他们将压舱沙土卸在锚地附近，装上采购的北方土产南返。自元朝京杭大运河全线开通，到天津建卫，一百来年的时间，从北京运来的沙土便有了相当的规模。这时，安徽凤阳、固镇一带数万军民北迁，随身带来了一件宝物，便是萝卜种子。只是，皖北的萝卜或许是近似于"芦菔"的白萝卜，"自羹青菘烧芦菔，更杂石耳相天花"，著名的"东坡羹"便是以此物为主料。应该是天时地利人和，加上天津卫居民有口福，于是"芦菔"在天津的运河岸边被培育成青萝卜，再加上御河水浇灌，自明清民国直至今日，它以"卫青"之名成为本地最值得骄傲的果蔬之一。

冬季来临，您不妨到天津的大小沙窝村走一走，亲自动手"拔萝卜"，甚至试试"摔萝卜"。沙窝萝卜只有很短的尾部长在沙土中，露出地面的萝卜身子一拃来长，身形苗条，色若翠玉。曾经有两三百年，天津人买青萝卜是可以摔的。通常是买主不认得卖主，担心青萝卜不够正宗，便会随便拣一只萝卜，揪掉缨子，平举于空中，然后松手。

萝卜以自由落体之势掉落在地上，正宗新鲜的沙窝萝卜会摔裂出数道冰纹，甚至会碎作几块，于是，买主大喜，连那只摔碎的萝卜一起买上几只。

天津人将青萝卜买回家，自然是先烧水泡茶，最传统的是泡"香片"，也就是茉莉花茶，像"徽州茶苏州窨"的黄山小叶，或是茶莉大方最好，就算是困窘至极，弄一撮"满天星，随壶净"的高末也不错。天津卫有句俗语，说是"萝卜就热茶，气得大夫满街那啥"。这话虽不雅，道理却真，因为青萝卜有健胃消食、止咳化痰、顺气利尿的功效，准确对症冬季的外感风寒，食积腹胀，但青萝卜性微凉，配上热茶，便恰到好处了。为此，天津人民一直感念大运河带来的这项好处，每户冬季不吃两箱青萝卜，基本算是忘本。

天津既然占有河海两利，加上南北特产自大运河源源不断送来，同时也带来了各大菜系的烹调技艺，所以天津人绝不会费心劳力自创菜系，有个"八大碗"应酬小场面，有昂贵的银鱼紫蟹招待贵宾，有四季不同的各品种"熬鱼"过家常，每天见面问声"您吃了吗？"，也就差不多了，没什么可抱怨的。只是，大运河对天津千好万好，唯独有一种东西天津稀少，就是稻米。

又有人会问："大运河上的漕运，大直沽的海运，运的不都是稻米吗？怎么天津会缺米吃？"其实，不论漕运还是海运，那些大米都是皇粮，不是给老百姓吃的。民间粮商自南至北贩运大米的成本太高，所以稀少。这下您明白了吗？天津人心心念念的"大米干饭"，来之不易啊。

说到稻米，天津感谢两位先贤。第一位便是《了凡四训》的作者袁黄，他于明朝万历十四年，从嘉兴出发，沿京杭大运河北上入京参加会试，获得丙戌科三甲进士，两年后外放河北宝坻知县，辖地大约相当于今天全部的天津市区和郊区。当时的天津卫只是个屯田驻军单位，与宝坻县无统辖关系。袁先生写作多产，政务多能，他发现，虽然天津周边全部都是盐碱地，难以种粮，但借助低洼的地势与充足的地面水，水稻种植不妨一试，因为，水稻植株前期生长在水田中，而田中之水恰好可以起到排盐压碱的作用。于是，他选中天津卫南边的葛沽与小站一带洼地，与卫所的屯军合作，开始了天津平原的第一次水稻种植。袁黄任宝坻知县五年，创作出版了一部图文并茂的《劝农书》，并且让天津百姓第一次品尝到本地出产的"大米干饭"。

袁黄先生离开天津整整二十年后，天津卫又迎来第二位先贤，他就是在历史上名声更高、贡献更大的科学家徐光启。与袁黄不同的是，这位徐先生不是在天津任职，而是为了躲避万历、天启年间朝廷内部的残酷争斗，八年间先后四次乘船，沿北运河南下，寓居天津卫城。徐先生也是位大作家，平生著作甚丰，《农政全书》已成经典。他在天津做了两件事，第一件就是继承发扬了袁黄南稻北植、以水压碱的先进农业技术，并将水稻种植推广开来，使天津成为当时中国北方的第一个大面积种植水稻的地区。当然了，三百年后，天津水稻能像沿着南运河运送至天津港口的"天津鸭梨"一样，能够以"小站稻"品牌名扬四海，则是另外一位袁先生练兵屯田的功绩，他的名字叫袁世凯。徐光启在天津做的第二件事，就是将他在肥西家乡曾经大力推广的甘薯种植引入天津，天津人称此物为"山芋"，同时他还试种了另外一种可以充饥的块根蔬食"芜菁"，天津人称之为"蔓菁疙瘩"。因为天津冬季严寒，再加上明末清初正赶上地球的"小冰期"，平均气温普遍下降，甘薯和芜菁在北方冬季极难保存。这也是徐先生天赋异禀，他向天津种植"卫青"萝卜的菜农学习保存萝卜的方法,推广了甘薯和芜菁的"窖藏保温法",时至今日,华北地区部分农户依然沿用此法。

通过这几位先贤的努力,幸福的天津人民于"熬鱼贴饼子"之外,又增添了"干饭熬鱼"。读者诸君看到此处千万别笑话天津人没见识,那"干饭"可是小站稻啊,蒸熟之后,米饭上泛着一层淡绿色宝光,香气可以飘过两条胡同。笔者只在五十多年前尝过,如今用五十斤米的价格也买不到一斤小站稻。另外还有天津的四季鱼获,自春季开海到冬天结冰,小黄鱼、平子鱼(鲳鱼)、偏口鱼(牙鲆)、鳎么鱼(比目鱼)、鲙鱼、两河水儿的港梭鱼等等,这些还都是大鱼,小鱼与鳞介类不算。"干饭熬鱼"啊,想想就美。此刻六月出头,马口儿鱼正是肥美,一会儿笔者要烦请老伴去买二斤,晚餐干饭熬鱼,写得馋啦。

这篇短文越写越长,有些收不住笔了。要说天津与大运河的关系,政治、经济、军事、文化,以及种种"闲白儿"(天津人将所有民间文艺和民间爱好皆命名为"闲白儿"),内容太过丰富,有心人很容易就能写出一本又厚又大的专著。笔者在此只能算是抛出块碎砖头,向世人表明天津人对大运河的感激之情,至于专著,有待贤者多劳吧。

作者简介 / 龙一

作家,天津市作协副主席。长于物质匮乏时期,故而好吃;长期研究中国古代生活史,慕古人之闲雅,于是好玩。写小说引读者开心为业,著有长篇小说《借枪》《暗火》《代号》,小说集《潜伏》《刺客》《美食小说家》等。

李 浩

流淌于时间之上
关于运河沧州段的记忆与怀思*

一

大运河上弯连弯

九曲回转往前赶

一声号子我一身汗（嘿嘿哟）

一声号子我一身胆（嘿嘿哟）

船工号子是一种等待消失的时间余韵，尽管它的每个尾音都有足够的长度和折叠，尽管我们的内心里有着或多或少的不舍。必须承认，坐落于岁月之上的那些人工建筑终会经历不断的演变、洗涤、摧毁和新生（其实自然的也是，只是用时可能更久一些而已），何况"船工号子"这种飘悬于运河之上的附着之物。时间以飞驰的速度冲洗着它们，使它们丧失了原有的颜色甚至节奏。我是在一盘录音带里听到它的，不知是录音设备的问题还是采制的时间过久的缘故，我听到它时总是充满着偶尔的卡顿、失真、滋滋的杂音以及骤然升高与骤然变低。总

---

* 感谢孙静昌为本文撰写提供的资料。

之,它从开始,就具有强烈的沧桑性质。

没有人再喊船工号子,除非我们身处某个与运河相关的博物馆,或者像我这样,在博物馆的某个房间里,有作为专家同时又是诗人的朋友将他原来的录制展示给你。船工号子消失了,同时消失的还有那些拉纤的船工们,据说当时一条船至少要有18个拉纤的船工,"大运河上弯多滩险,尤其到了捷地村附近,运河与捷地减河交汇,水流容易形成不规则漩涡,稍不注意,船就有可能被水流带进减河内,甚至被冲翻。船行驶到这些地方就需要船工拉纤牵引着船只安全驶过。拉纤时,胸前斜挎着纤板,身子往前探,脚往后蹬,有时甚至要手脚并用,身体几乎与河滩平行……"如此抄录多少有些可耻,但在我看来,篡改并把它变成自己的文字可能更为可耻,因为它会悄然地磨损文字中的"身临其境"与"感同身受",而变成一种减弱涡流般的转述。作为沧州人,作为与运河极为亲近的沧州人,我承认自己在数十年的生活经历中从未听闻过沧州人唱的船工号子,从未在沧州的地界上听闻过船工号子。我甚至有种先入为主的笃定,认为船工号子要么属于长江、珠江,要么属于黄河,北方的运河上是没有号子的,那些拉纤的船工们也和我的祖父、父亲一样,被一种小心翼翼、紧闭了口舌的传统文化所浸染,他们的生活也是无声的、沉默的,甚至简洁到只有黑白两色。

但我在博物馆工作的诗人朋友向我证明,我是错的。我以为的"知道"其实是种先入为主的判断,而与这种"先于理解之前的判断"紧密相连的便是愚蠢。为了显摆自己的博学,同时嘲笑一下我过于笃定的愚蠢,他还告诉我,"船工们喊号子没有什么约束,起锚号、摇橹号、出仓号、立桅号、闯滩号、拉纤号、绞关号、闲号,等等;号子没有固定的词，全凭船工心情即兴编唱，唱山、唱水、唱人、唱险滩、唱急流、唱风景……"随后，他的补充其实更是对我的打击："你以为，沧州的船工只待在沧州？运河多长，他们的脚就要走多长。所有的水手，都是南来北往、见多识广的人。"

在这篇谈论运河的文字中我不愿过多地呈现自己的愚蠢，尽管它是确实的存在，现在，在完成上面的这段文字的时候，那种小小的羞愧还会悄然泛起，让我……让我急于顾左右而言他，我想要继续谈的，依然是船工号子的消失。它已经确然地成了文化的遗产，时下，尽管运河沧州段的水位已经恢复，河水之上船来船往，但已无人再喊什么号子。船工号子，它属于遗产，但不会留下"遗迹"，所有来往的船上都已不再需要那么多船工，更不需要人力的拉纤，而试图凝聚所有船工合力运作的船工号子也因此更成为了"无用之物"。

随着时间与发展，以及一些看得见的、看不见的更变，我们诸多的行当可能会"消失"，只有少量的、奇观性的会被保留，而与这些行当相匹配的诸如"船工号子"一类的文化附着，也可能会进入消失的行列。它不会顾及我们的惋惜与慨叹而让消失的进程减缓，从这个意义上讲我们真的可以把时间当作是无情之物。在这份"无情"中，还包含悄然更变着的这条运河。

二

运河运来了什么？布匹和粮食，封在箱子里的白银，将船压得低得不能再低的灰色石头，有香味的、有花纹的、有闪光的木头，印有花朵和水纹的丝绸，茶叶，鱼，龙泉印泥，产自远处的陶瓷，产自本地的金丝小枣和梨……

运河运来了什么？京城的轿子，官老爷、差役和士兵，摇着扇子、不断抬头的商人，低眉顺目的女孩和她的母亲，瘦弱的书生和更瘦弱的书童，说着"一口鸟语"的"南方蛮子"，提着刀的、提着剑的、提着包裹的，遮着头的、遮着面的、遮着足的、遮着手的……

运河运来了什么？进京的徽班，将《杨家将》《三国演义》说得风生水起、口若悬河的说书人，进京准备参加殿试的贡士……

运河运来了什么？还在运来什么？

没有谁能——枚举它曾经繁忙的运输。在我看来，运河，自隋唐起，就成了整个中华大地上的一条可贵的人工血管，而且是主动脉：它运输着粮食和财富，让整个国家的经济可以良好运行，可以说，运河的作用在很长的一段时间里都属于第一需要，不可或缺；它运输着整个国家的政治和军事，与陆地上的大道通途相互勾连，维持着国家政令的畅通和基本的稳定；它运输着文化和文明，我想我们无法轻视这种互通有无，正是这种互通，让南方和北方得以摆脱习见的固执和藩篱，甚至也与"海外"艰难地连接了起来。我甚至觉得，正是这条运河，让漫长一段时间里的"文化认同"得以坚固，也使整个国家形成了强大的凝聚力。

运河运来了什么？还在运来什么？它会运来新的文化和新的见解，这些"新"将在时间的作用下慢慢深入骨髓，成为集体无意识的一个部分；它会运来宽阔和广博，一种可以的、可能的开放心态，这一部分也将随着时间而慢慢深入至骨髓；它还会带来宽容，面对来来往往的种种不同而生出接纳之心，至少是理解和宽恕之心，别轻视它的存在，它极为特别、有效；它还会带来商贸意识，这也是一种会浸入骨头里的存在，凡是运河两岸的城镇居民，其商业意识一般而言都会强于内地的居民，就以沧州为例就可证明；它还会运来变革之心，以及对旧有生活的僵化样貌的不满，是故，运河两岸的城镇在很长的一段时间里都影响、代表着"新潮"，无论我们对这"新潮"是否那么愿意接受。

运河，在漫长的时间里曾是国家的"枢纽"，无论是对于政治、经济、文化、商贸……它都是核心性的，至少部分是核心性的。在遥远的时代，陆地上的道路可看作国家的血管，凡是它能到达的地方，国家的力量便会随之到达，核心的道路沿线的城镇也会因此获得发展，并部分地更变、提供它们的文化素养。随后，水路因为运输便捷和路程较短而获得更大的青睐，它强劲地、部分地替代了陆路运输的功能而成为血管的主动脉，尤其是人工的运河工程。这种更变对于国家来说是重要的，而更为显赫有效的更变则针对于沿岸，诸多的必要"节点"变成了城市，形成了财富的、商业的、文化的聚集地。沧州，在那个相对漫长的时间里因此获益，这种获益也是一个漫长的、反渗的过程。之后，随着现代性的开启，铁路替代运河承担了血管的、枢纽的作用，建立在铁路重要节点上的城市由此迅速发展，而运河中的血在一点点被抽走，随之丧失的还有它的活力和动力。与船工号子的消失一样，尽管令人唏嘘，但它也是我们必须面对的事实，这种态势是人力所难更改的。

种种的、不合时宜的感慨和怀念或许并不能让运河重现昔日繁华，是的，我承认，但文学一直具有"回望"的记忆功能，它的感慨和感动多缘于对逝水年华的追忆；它的另一功能是在旧有的记忆中发现新的可借鉴之处，让我们思忖：生活往何处去，有没有更好的可能？运河往何处去，它还能运来什么，在当下的环境中它还需要怎样的负载？

这，当然是个问题。

三

因为这条运河，荒凉于宋代和之前所有岁月的沧州才得以建立起一座新城，成为冀东平原的一个"关键节点"。罗马城不是一天就建成的，沧州更是。它在漫长的历史中逐渐积累，大约由一处码头开始，由一两处客栈开始，由一座破败于风雪中的山神庙开始。运河为沧州运来的砖瓦、石头、粮食和财富，运来了原本没有的技术技艺，运来了士兵和他们的马匹，运来了军营与随军的家眷，运来了……"小南门"曾是沧州的一个标志，它的存在与运河息息相关："小南门距离城外的运河仅有几步之遥，运河上船来货往，商贾云集。周金铭老人至今都清楚地记着，每日天蒙蒙亮，城门便'吱吱嘎嘎'打开，城里人迫不及待地来到码头，运河上大小船舶停靠交易，城里城外繁忙不已。小南门外，晓市街、缸市街、书铺街、鸡市街、钱铺街、锅市街……店铺排开，人声鼎沸。"小南门的繁华，在20世纪八九十年代依然是一道风景，它是沧州赫赫有名的商贸区，甚至是沧州的一个代指。

正泰茶庄则可能是小南门的某种代指。它是昔日运河漕运所滋养出的商业产物，也是小南门一带众多商号里现存的唯一历尽沧桑、屹立不倒的传奇。必须承认，沧州不产茶，在漫长的历史中沧州人也很少喝茶（尽管在史料中建筑于沧州的茶馆在宋代就有了），然而却有一座标志性的正泰茶庄，而它竟然在一个多数人没有饮茶习惯的环境中活了下来，而且越来越兴旺。建于1914年的正泰茶庄，是天津茶商穆雪芹"正兴德茶庄"在沧州的分号，店铺前后有两座两层共32间，前街临街门脸上方，有砖刻烧制并镏金的十个大字：松萝、珠兰、红梅、正泰茶庄。其中，松萝、珠兰、红梅分别代表着产地不同的三种名茶，即安徽松萝茶、福建珠兰花茶、浙江九曲红梅茶。茶,在某种意义上可看作是一种代指:南方的、外来的、文化的、气息的、殊异的、甚至可以是高雅的、品味的、美好生活的……没有饮茶习惯的沧州所接纳的可能并不仅是茶叶,还有它背后的象征与负载。

泊头,仅从这个地名的字面上来解读,就可感知它应与漕运和码头有关。事实上也的确如此,它因运河漕运而兴,因古驿站而闻名。据《嘉靖河间府志》记载:明洪武二十二年(1389年),交河(现为泊头市交河镇)知县武聪,奉旨于县东五十里卫河西岸的新桥镇,设置新桥水驿,洪武二十五年(1392年)改称"泊头驿"。泊头驿承担着往来官员、客商、船工等人员歇宿,以及运送朝廷物资、接待藩属使者上京觐见朝贡、往来传令送信等诸多职能,成为运河上沟通、联络、运输、往来的"中枢神经"。依托运河,泊头迅速发展成为"两岸商贾云集,为数百里所未有"的重镇。清后期,泊头被称为"运河巨镇"。至民国初期,泊头已经是"东西两岸殷实,商号不下千余家",成为津南地区第一大商埠。始建于1912年的泊镇永华火柴股份有限公司(河北泊头火柴有限公司前身),逐渐成长为中国乃至亚洲最大的火柴生产厂家,改写了中国人依赖"洋火"的历史。

运河在沧州的穿越可以说更变了整个沧州,明晰的、可见的和隐性的、潜在的……沧州与泊头的"建城"史当然与运河漕运密切相关,这里不再赘述,而更多的更变同样是种坚固的存在。

譬如,沧州武风之盛自然有它的历史和地域性格养成的原因,事实上,具有与旧时沧州人类似性格特征的地域在偌大中国并不少见,但这种性格特征在其他地域却远不及沧州更有影响。在我看来,沧州武风之盛的原因之中有一点是不能忽略的,它与运河漕运有关,这里

曾是重要的屯兵之处，对运河中运送的货物需要安全保障。武风盛，习武者众，高手林集，部分是因为运河漕运有这样的需要——而这一地域，恰恰可以提供。于是，便有了"武健泱泱"和"南北镖行'镖不喊沧'"的规矩。京杭运河，浙江、杭州一带似乎更为重要，然而经济的富庶和商业气息的厚重使他们那一带难以形成刚烈尚武、"尚气力、轻生死"的群体风气，他们也不需要为了护卫某些财富而置自我于不顾。而沧州，则不同。这其实也属于一种双向选择，形成群体风气之后，便自然而然，成为集体无意识的一个部分。中国武术历史上有"南莆田、中登封、北沧州"的说法，全国129个拳种中源起或盛传于沧州的多达50余种，而其"民间功夫"更是多如繁星，数不胜数。

　　再譬如，享誉世界的"吴桥杂技"。请允许我略略地岔开一点儿，多说几句让我们沧州人引以为傲的杂技艺术：吴桥古时属冀州，在秦汉时代流行一种人们戴着有角的面具，互相比武斗力的游戏，民间称之为"蚩尤戏"，汉朝时改称"角抵戏"……说它源远流长自然并不为过。吴桥杂技的兴盛，是在明清时期，它与运河漕运的空前发达有着密切的关联，渐成峰峦。"小小铜锣圆悠悠，学套把戏江湖走。南京收

了南京去，北京收了北京游。南北二京都不收，条河两岸度春秋。"这是一段曾在吴桥一带广为流传的小曲儿，它言说的是旧时杂技艺人们的命运，而背后则是生的艰难和活的艰难，是一份巨大的、带有层层苦味儿的苍凉命运。条河，即运河。处在历史中的运河使杂技的繁荣成为了可能，也正是这条运河，将那些身怀绝技的苦命人儿运到了四面八方，也使杂技得以开枝散叶。此言应当不虚，其佐证是记者曹筝、肖煜书写的一段话：明清和民国时期，对于吴桥艺人来说，运河流经区域经济繁荣，人口众多，沿运河行走江湖，是出行的首选之路。沿着大运河走出家乡，依托北京"天桥"、天津"三不管"、南京"夫子庙"等成长起来的吴桥杂技艺人数不胜数，杂技江湖上也就有了"没有吴桥不成班"的说法。当下，吴桥杂技已然成为沧州的乃至是中国的一张名片，这一古老的、有魅力和惊险感的技艺依然具有它层层的闪光。

再譬如，在我看来，沧州人的性格养成具有部分的"运河因素"，甚至有"桥东"和"桥西"的差别：桥东，更原始些、粗粝些、直率些，少些商业意识；桥西，则更精明、更细致、更包容，商业意识相对较重，文化的发展相对也更深厚。在我看来，沧州地方戏的发展，包括张之洞、纪晓岚等文化名人的出现，也都与因运河而构成的文脉相关。

事实上，我更看重这种潜在，它以一种浸润和渗透的方式影响着人和人们的心理沉积，甚至部分地更变"地域性格"；事实上，我更看重文化文明里的开阔性，而运河，在很长的一段时间里构成着精神上、文化上的有益通道，是它，使得沧州不仅局限于沧州。

四

捷地，沧州地名。它的来源与运河的修缮治理有关。据考证，捷地的地名最早见于《明世宗实录》，因"河堤率以草束土累筑而成，故堤善崩"，时常泛滥的洪灾给此地冠上了"绝堤"之名。因不堪洪水长期侵扰，明朝廷下决心治理水患，于明弘治三年（1490年）开挖捷地减河，使洪流经沧州青县、黄骅，从歧口入渤海。长54公里的捷地减河不但约束了桀骜不驯的运河水，保护漕运，还调节了周边地区水环境。捷地减河开通后，两岸盐碱地得以淤肥。被打上苦难烙印的"绝堤"也逐渐取其谐音改名为"捷地"。

"余乡产枣，北以车运京师，南随漕船以贩鬻于诸省。土人多以为恒业。"清代纪晓岚所著《阅微草堂笔记》记录了沧州金丝小枣种植和产业的蓬勃，记录了金丝小枣南下北上的销售运输场景，足见当年红枣销售覆盖面之大、影响力之广。沧州金丝小枣，以其粒小而质优，果实脆甜，含糖量高，将成熟后的红枣从中掰开拉长，透过阳光，可见其间有细细金丝而得名，在沧州及山东无棣等地多有种植。金丝小枣的盛名，是在其成为皇家贡品之后。相传，乾隆帝巡幸路过此地，见路旁枣树果实累累，上前摘食，甜如蜜，大喜曰："沧州自古草泽之地，然金丝小枣风味殊佳，如是者鲜矣。"遂御封为宫廷贡品。传说无法考证，但封为宫廷贡品的记载却是有的。

运河弯弯，这里的弯弯并非是比喻，而是实写，据说仅在沧州地段运河就有八十弯之多，而其东光段大运河，则真正是"九曲十八弯"，俯瞰就像蜿蜒舞动的丝带。当年，因复杂的地势而产生的水位差，成为制约大运河修建的一大难题。为了消除地面高差、降低运道坡度、滞缓水流，大运河在多处河道采用了以弯道代闸的设计，这就是大运河的水利建设者发明的"三湾顶一闸"的方法。条条弯道让桀骜不驯的苍龙，变得温顺而优雅，不仅减少洪灾，而且还一路润泽两岸的千亩良田，造福运河儿女。在这里，我愿意专门地提及一处谢家坝。清朝末年，当时连镇一户姓谢的乡绅捐资从南方购进大量糯米。糯米运到此处后，运河沿岸百姓们纷纷取出自家的锅，在空地上熬起糯米粥，用滤出的糯米浆与白灰、黄土按相应比例混合，用木棒夯打密实变硬，夯筑起一道坚固的堤坝：这，便是谢家坝的由来。

五

运河是说不尽的。至此，除了第一节，我几乎没有调动过个人记忆，其中的大部分都是公共记忆和对运河的反思。相对于运河的历史沉积而言，我的个人记忆微不足道，不值一提。

关于我的个人记忆，最深印象的一次是：当时我还处在青年时代的苦闷期，迷茫、空虚、好冲动、非理性……不知是出于怎样的原因，我骑着自行车上了运河桥，下桥的时候我骑得飞快，径直撞向了对面开来的卡车。我没有刹车，即使在撞上了卡车的那一刻。早早就停住的卡车司机可能被我吓傻了，当我爬起来冲着他笑时，他竟然悄悄地向后缩着。这,几乎是我一生当中唯一的最大的"鲁莽时刻",回到学校之后我才意识到自己才是被吓破了胆的那个,之后几乎一直小心翼翼,过着谨小慎微的生活,谁又知道我是多么难过啊。我的第二个个人记忆依然是在沧州,运河桥上。那时的运河几乎已经"断流",只剩一条很小的小溪,里面漂着、泡着种种不同颜色的杂质。它与我想象的运河是那么地不同,我以为它一向"不过如此",所谓"轮舶辐辏,阛阓填盈""千家门对水,十里岸横舟。鸭脚林中寺,鹅黄柳外楼"不过是夸张性的想象,折射着文人的"无耻"。然而,今年,我再至运河桥,却发现我那时的所见,虽然也是真的,但绝不是运河的全部,此时的运河,波光浩渺,水流宽阔,水鸟在芦苇和树丛中隐现。我为自己当年"盲人摸象"般的盲目判断而羞愧,我当然希望自己在之后的有生之年能部分地改正这一错误。

运河是说不尽的——它那么绵长,经历着个人难以窥见头尾的沧桑。

作者简介／李浩

作家,河北师范大学文学院教授,河北省作协副主席。著有小说集《将军的部队》《父亲,镜子和树》,长篇小说《如归旅店》《灶王传奇》《镜子里的父亲》,评论集《在我头顶的星辰》《阅读颂,虚构颂》,诗集《果壳里的国王》等。获鲁迅文学奖、庄重文文学奖等。

漫话香河北运河

张玉清

北运河香河县段,为京杭大运河的第二站,出京之后第一站,有京畿首驿之称。

京杭大运河,这一中国历史上最伟大的工程之一,起自北京,南到杭州,全长1794公里,地跨北京、天津、河北、山东、江苏、浙江、河南、安徽8省、直辖市,分为七段:通惠河、北运河、南运河、鲁运河、中运河、里运河、江南运河。起点通惠河入潞河后,从通州北关闸起至天津并入海河,此河段自古称为北运河,长186公里。北运河出北关闸东南而行,其间从杨家洼闸出北京界,由鲁家务村东入境河北省香河县,遂折而向南,贯穿南北,一路南行到东双街村西出界,进入天津市武清区,香河界内全长20.38公里。

香河段北运河为京杭大运河流经廊坊地域唯一一段河流,虽距离不长但却最具运河特点,河道平直开阔,水流通畅平缓,沿岸坦荡无阻,这样的特点最适合运河的主要功能——漕运。这些特点也是因香河的地形特点而成。香河是个平原小县,境内无山无陵,也无野洼荒滩，也无荒漠沼泽，县域内基本都是良田，地势上西高东低、北高南低，但落差不大。北运河香河段应该是京杭大运河较好的水道之一。

随着近现代工业发展，以火车汽车主宰的陆运日渐发达，水路漕运衰落绝迹，京杭大运河多处断流河道废弃。但北运河香河段因承接北京日常排水、汛期泄洪的功能，因而水量充沛，从未断流，这也是北运河香河段相比于京杭大运河各处河段最为突出的特点。得天独厚的条件无可替代，尽管已失去水路运输功能，但河流的概貌从未改变，仍可作为大运河的标本存在。

古运河

北运河始于元代，因元朝定都大都（今北京），京城所需粮食及其他南来物资都需水路运输，元朝都水监郭守敬奉元世祖忽必烈旨在原有河道基础上开通北运河。元明清三代，北运河漕运盛极一时，每年从江南运往京城的漕粮达四百余万石，更兼钱帛盐茶和各类土特产品，巨木砖石建筑材料等不一而足。南方北运的粮食货物除了走大运河水路，亦由海路运输至天津再转北运河入京，海河运都归于北运河，因此北运河之繁盛非京杭大运河其他河段可比。据记载，漕运发达时期，从天津到通州的北运河上每年要承载2万艘运粮的漕船，官兵12万人次，连同商船共3万艘。漕运的兴盛也使得运河两岸"商业发达，水陆云集，车樯如织，百货山积"，其繁盛兴旺之图景可以想见。天津即由漕运而兴，从金朝时的"直沽寨"迅速发展成为远近闻名的"天津卫"。

北运河上游多山地，河流汛期洪水汇集易成水患，清雍正八年，山洪暴涨，河西务一带决口，水淹河西务，之后遂于红庙村西向东开挖青龙湾减河分流入海，减河口为滚水石坝，乾隆三十七年改滚水石坝为可调节水量的石闸，并御赐名为"金门闸"，因其泄洪蓄水之功，乾隆亲笔题诗一首："金门一尺落低均，疏浚引河宣涨沦。通策例同捷地闸，大都去害贵抽薪。"

金门闸将北运河的大部分水量分流之后，余下不足十之一二沿运河河道继续南行，进入天津界，天津段的北运河道明显收窄，且蜿蜒曲折，连续多处呈鹅脖子Ｓ弯儿，对比之下更显香河段北运河平直开阔的特点。金门闸也和著名的王家摆码头成为北运河香河段最重要的标志之一。

古时香河北运河上没有桥，两岸往来全靠摆渡，有摆渡几处，其中最著名的是王家摆。因其同时也是码头，香河及周边的粮食商货往来均在此上下船，河面上舟渡往来不息，繁荣一时。但官家的漕运粮船和入京商船则大多只是在此经过，或休息停站。

千年大运河形成了运河文化，每一段运河又都有自己的特点。香河北运河便形成了以王家摆码头为中心的运河文化。

盛景

香河县古称淑阳郡，境内有久负盛名的淑阳八景之说：玄武雄镇、西河宵鼓、古渡春荫……

其中西河宵鼓、古渡春荫说的就是王家摆码头。因北运河位于香河县城城西十里，故当地人也称其为西大河，也有称其为运粮河。西河宵鼓中的鼓是指王家摆码头上停靠的官家运粮船上传达号令的鼓声，一队官船少则十几艘，多则几十艘上百艘，首尾相衔，停靠起航皆以鼓声为号。鼓声响彻十里，声闻县城。有诗《西河宵鼓》为证：

锦缆轻抛星斗横，西河鼍鼓夜来鸣。
阗阗击傍渔灯起，隐隐声从客棹行。
旅况漏残眠不得，乡心月落梦还惊。
凭君莫做寻常听，处处相闻似禁城。

这首七律诗是明朝以前人的作品，作者因非名人，没有留下名字。但这首诗最恰当地反映了当时北运河边漕运的盛况，结合史料看诗中记述应当属实。夜幕垂帘星斗横天，漕运官船在码头抛锚停靠，疲惫的纤夫们也抛下了拉纤的缆绳，西河上官船的鼓声在夜幕中传鸣，"鼍鼓"乃军鼓，鼍鼓二字恰好说明了鼓声来自官船。盛大的鼓声伴着船上亮起的灯火，（休息一夜之后）天将明时，仍然以鼓声为号拔锚起航，而"漏残""月落"点明了起航的时间，大约在凌晨三点，可见当时官船上的工作也很辛苦。"莫做寻常听"，是说这鼓声不是平常的鼓声，是官船上的鼓声。"禁城"专指北京皇帝所驻之紫禁城，则是点出漕运官船之上剑戟旌旗的森严气象。据《香河县志》载：明永乐年间，"通州以下漕运常年运粮军丁12万，漕船万艘。每重载经过，荷戈从之，轮转拨防，终朝达旦。"

除了这首诗，明清以前还有多首描写西河宵鼓的诗作，如："鼍鼓阗阗何处音，长河西去日初沉。援桴疑是将军令，维缆缘知使者临。轻按棹歌芳草渡，缓随渔唱落花荫。从来野宿无鸣铎，拟做更筹报夜深。""十里黄沙震鼓吹，三洲长夜水弥弥。楼船睡稳飞青雀，动地渔阳觉已迟。"此二首诗都点出了官船停驻西河宵鼓响起的时间为日落之后，也点出鼓声为官船军鼓。这里的"楼船"还点出了官船的形制。

楼船有三层船舱，底层装运漕粮货物，二层住船工水手和押运兵丁，三层则为押运官所住。清朝规定，漕船以十尺为率，短不得小于九丈，也就是说船长至少有27米，这在当时是颇为可观了。现在推想当时的漕运船队虽不至于每艘粮船都如此豪华，但带队的押运官所乘之船为三层楼船则应为实情，其他为二层楼船和普通的运粮船。当时的运粮船载重在五百石左右，也就是大约50吨。为弥补运输成本，一般规定每条船除漕粮外还可带货二成以盈利，这些货物大部分运往京城，也有少部分沿途即售卖，因此每当漕船停靠码头，则上货下货热闹非凡。王家摆码头即是如此，码头上店铺林立，每当漕船停靠，鼓声响起往岸上传递消息，码头上即刻热闹起来，装货卸货，买卖交易。这也是西河宵鼓的由来。

运河风光

淑阳八景中的"古渡春荫"就是指王家摆摆渡两岸附近的运河风光。历代以来文人墨客以古渡春荫为题多有吟咏，其中以明代湖北公安名士熊膏的七律《古渡春阴》对古渡运河风光的描绘最为恰切：

城西古渡柳如烟，三月风光正可怜。
渔子鸣榔歌欸乃，美人拍桨斗婵娟。
浓阴蔽日疑无地，流水浮香别有天。
斗酒双柑何日办，听莺来坐大堤前。

北运河地处平原，景色非山川壮美，亦无奇崛绮丽，它的特点是满带人间烟火的平和秀美。因堤岸上多植耐水柳树，堤坡上又多自然生长的杂草,近水处则丛生芦苇、水葱、蒲棒,远望两岸绿茵如带柳色如烟。在漕运不繁忙的时候,河上也多有打鱼小船,渔歌互答欸乃声声,柳梢上芦苇中时时传出清脆的鸟鸣,休闲踏青的人们斗酒吟诗观光赏景,其乐融融。

清代康熙皇帝也曾以北运河风光为题赋诗《潞河三首》:潋滟春波散碧漪,白蘋初叶麦初岐。潞河三月桃花水,正是乘舟荐鲔时。(其一)画鹢中流起棹歌,参差荇藻漾晴波。泽梁虽设曾无禁,斜日鱼罾两岸多。(其二)东风吹雨晓来晴,春水高低五闸声。兰桨乍移明镜里,绿

杨深处坐闻莺。(其三)。

　　可见北运河风光之美，在皇帝眼里也值得一提，也可以看出北运河在皇帝的心中有着比较重要的位置。不过我有些怀疑，诗中也许有旁人代笔的成分，比如这句"斜日鱼罾两岸多"，鱼罾是一种很小的捕鱼工具，捕鱼者只能站在岸边捕些浅水处的小鱼小虾。夕阳西下临近黄昏之时，小鱼小虾喜于岸边水浅处浮游，这时候最适合用鱼罾捕之。鱼罾不是专业打鱼人的捕鱼工具，当地也叫搬网，很小，还不及撒网大，因其收获甚少，当不得主业，只有近岸农家才会用鱼罾捕鱼，或求捕鱼之乐或为补贴家用。这句诗非常恰当地描绘了北运河岸边近岸人家才有的生活图景，但是康熙的心里能有这样的底层生活素材吗？如果说是康熙在巡行运河时看到了岸边用鱼罾捕鱼而获取的素材，仍是不免疑问，皇帝在运河上盛大巡行，还能容百姓在岸边用鱼罾捕鱼？

运河往事

　　因有了运河，在运河两岸派生出两种主要职业，纤夫和脚夫。渔夫嘛，只要有水就有鱼，有鱼的地方就有人打鱼，但渔夫不能算是运河派生的职业。花女嘛，不是国家承认的职业。

　　纤夫虽苦虽累，但终究能养家糊口，比没有活干要强，当初运河边近岸人家，不少人以此为业。在香河段北运河，居然还有巧人想出了用毛驴代替人来拉纤的主意：用一根大缆绳套上十几头毛驴，前面有人牵着，后面有人用鞭子赶，毛驴到底比人有力气，效果还不错，同时也成了北运河上的一道特殊风景。不知道这毛驴拉纤是否为香河段北运河上的独有，推想这一方法不易复制之处在于，它要求河岸须平直坦荡，不能过于险峻，且须干燥无水，不能过于坑洼泥泞，因毛驴怕水，见到泥泞的路它就不走了，而河岸过于弯曲则使毛驴难于驱使。

运河码头上卸粮装货离不开脚夫。漕运的繁盛需要大批这样的劳动力，干脚夫的都要有一把子力气，干这一行偷不了懒，也没法滥竽充数。粮船上装粮的麻包二百斤一包，一人一包扛在肩上在船与岸之间上下往返。长期的繁重劳动也锻炼和催生出一些大力士，有的人能扛两包四百斤货物，上上下下来去自如。在船与岸之间要经过跳板，跳板就是厚木板，最高有七层，逐级而上，这些斜搭的木板颤颤悠悠，扛着几百斤货物走在跳板上，稍有不慎就会跌伤压伤。传说有一个最令人崇拜的大力士，在与人比试时，居然扛了四个麻包共八百斤上七级跳板，顺利完成装卸，令人叹为观止。

说到北运河上独一无二的运河文化，当以香河县安头屯中幡为代表，它是真正诞生于北运河的民间文化。

旧时安头屯村有一刘姓先人在北运河的商船上做船工，歇船时把带帆的船桅杆拿来玩耍，并逐渐发展出各种花样和手法，渐渐演变成后来的民间花会，名为安头屯中幡老会。安头屯中幡达到鼎盛时期，先后两次获得皇封。乾隆御封两面幡面，一面题为"龙翔凤舞"，一面为"人神共悦"。咸丰御封幡面两个，分别为"风调雨顺"和"国泰民安"。香河县安头屯中幡已列入第二批国家级非物质文化遗产名录，被命名"中国中幡文化之乡"，并挂牌"中国中幡文化研究中心"，安头屯中幡让北运河文化大放异彩。

新运河

北运河废漕运之后成为普通的河流，但作用依然至关重要。北京周边地形西高东低、北高南低，位于北京东南方位的北运河作为北京城市排水河流是必然选择，北运河分流青龙湾入海，也是北京排水泄洪最便捷的通道。

新中国成立后，党和政府十分重视北运河的治理，1960年国家在经济异常困难的情况下，仍然修建了北运河土门楼节制闸。修建过程十分艰难困苦。笔者在踏查土门楼节制闸时，遇到村中的田树德老人，听他讲述了他亲眼所见的当时工地上的情形。老人还讲述了在施工中不慎落水牺牲的一名民工："我至今还记得他的名字叫沙净河。"老人说在土门楼节制闸修建之前，此处河道非常凶险，每三年必定会淹死一个人，他曾亲眼看着自己的本家弟弟被河水淹没。但自从修建了土门楼节制闸，此后六十年再没有淹死过人。

1973年，在根治海河工程中，又在北运河与青龙湾分流处修建了红庙泄洪闸，北运河水得到了有效的调节和控制，至今未发生水患。

前些年因为城市污水排放，北运河水质变得很差，且日趋严重，离岸边很远就能闻到刺鼻的怪臭，清澈的河水变得浑浊发黑，河里的鱼儿几近绝迹，只剩下一种鲫鱼还顽强地活着。鲫鱼是北方水域里生命力最强的鱼种，一些被污染的水域往往最后只剩下鲫鱼，但这种运河鲫鱼背脊发黑，吃起来一股直冲脑门的漂白粉味儿。

近年城市污水得到有效治理，北运河水质慢慢恢复，如今北运河曾经绝迹的鱼儿又回来了。驻足岸边清晰可见水中鱼儿欢快游动，多为北方河渠中常见的小鱼儿，有麦穗儿、船钉儿、黄花鱼、毫子根儿、小虾米……都是当地人最喜爱的河鲜美味儿,据说毫子根儿、小虾米都最喜干净,在污水中根本不能存活,水中有了毫子根儿、小虾米就说明水质真的是变好了。还有北运河中河蚌和螺蛳也出现了,河蚌和螺蛳更是干净之物,即使是一过而去的污水也会令其死亡。北运河河蚌和螺蛳的回归,充分说明污水治理真的是到位了。如今北运河上随处可见打鱼的小船,在禁渔期里看到的则是更多的坐在岸边悠闲垂钓的人们,我问过他们:"现在这河里的鱼怎么样,能吃吗?""能吃,能吃!"

前景灿烂

2017年,习近平总书记对建设大运河文化带作出重要指示:"大运河是祖先留给我们的宝贵遗产,是流动的文化,要统筹保护好、传承好、利用好。"2021年,香河县投资几十亿元启动实施北运河旅游通航工程,河道治理、清淤固险、两岸景观提升等工程相继开工,北运河香河(廊坊)段成为河北全省第一条内陆旅游通航河流。

香河段北运河自北向南共设置了一大四小5个旅游码头,鲁家务码头是通州进入香河的第一个码头,突与周边森林生态景观的相互融合衔接,以森林生态为码头主题,打造连续成片的滨水森林景观;王家摆码头主题为运河风情驿站;安运码头主要方便游客游览运河文化公园、第一城、机器人小镇;金门闸码头为方便游客游览金门遗址公园;香河中心码头是北运河香河段规模最大的码头,主要承担水陆交通接驳、门户形象展示、旅游休闲体验等多种功能。在以上基础上建成的香河大运河文化公园,北接通州南邻武清,包括北部森林生态文化区、中部运河历史文化区、南部田园农耕文化区,从北向南建成运河春色、河湾湿地、河务印象、半岛寻芳、如意荷香、悠然水岸、芳甸闻歌、烟波钓徒、河畔船趣、金门古韵十大景观，美不胜收。

今日香河北运河旧貌新颜，绿树成荫，波光粼粼，水鸟翩飞，风光秀美。展望未来，前景灿烂。

作者简介 / 张玉清　　作家，河北省儿童文学委员会主任。著有长篇小说《青春风景》《少年行》《危险的夏天》《我要做一匹斑马》等。

老去情怀，犹作天涯想

桫椤

桫椤

无人处，是时间；有人处，是历史。

京杭大运河从古流到今，已是煌煌中华史的重要组成部分。与众多奔涌的天然江河并排，一个"大"字，彰显出"人"的威仪。

没有人，就没有历史。征战、漕运、行旅，乃至融南北为一体，京杭大运河厥功至伟。不讲她的历史，就无法讲通中国历史。

譬如眼下，我站在位于邢台市清河县内的贝州古城南门外，两侧的城墙早已坍塌，从前的高大已如堤埂般低矮。凝望高悬于门洞上方的"迎薰"二字，心中有惊雷滚过：这座有着"南北长1.2公里，东西长2公里"夯筑城墙，隋唐至北宋一直被称作"天下北库"的浩瀚大城，因何兴起，又因何被弃？

当年听单田芳先生说评书《童林传》，康熙皇帝的鸳鸯镯被盗，童林被栽赃陷害，贝勒爷胤禛与童林一同出京求助。他们来到清河油坊镇，却得罪了当地的武术名家李源。在寻找旅店的过程中，两人"从镇子的南头走到北头，问了十几家客店"——一座镇子中十几家客店，是艺术家的夸张,还是客观描写?

这一切,只有古老的大运河能告诉我答案。

一声欸乃扁舟去

水,是生命的源头。喜马拉雅山上发现鱼化石,已有科学研究表明,人类是从鱼类进化而来的。

水也是文明的源头。从水的角度切入历史,人类社会的发展史就是用水和治水的历史。

《淮南子·览冥训》记:"水浩洋而不息","于是女娲炼五色石以补苍天";《山海经·海内经》说:"洪水滔天,鲧窃帝之息壤以堙洪水"。

位于浙江杭州的良渚遗址,城址外围的大型水利系统是中华五千年文明史的直接证明。

史念海在《中国的运河》一书中指出:"远古的人类活动范围常常喜欢在有河流经过的地方,而其发展的地区也不外乎沿河流域。"

早在春秋战国时代,在可通行舟楫的河道被利用之后,有人就已想到把主要的水道联系起来,在古老的传世文献《禹贡》中,我们可见这张交通网的影子。

运河,是人按照自身的目的对自然河道的改造。

京杭大运河穿清河县境东南而过。在这里行走,常有一些现象与头脑里的经验发生冲撞,以至于让我摸不着头脑。比如,清河县的火车站是京九铁路上的一座小站,但它的名字不叫"清河"站,而叫"清河城"站;再如,当我们提到"城关"的时候,觉得它肯定是城里的一片区域。但在清河,城关小学、西关村远在县城西环路以西的村子里,"城关乡"怎么成了乡下?从308国道进入县城后的一条中心街叫"武松东街",前行不远就看到一个通往"武植墓祠"的标志牌,究竟是"墓"还是"祠"?武植不是武大郎吗?为何文学作品里的虚构人物在这里"落地生根"了?

我向熟悉清河地方历史文化的县方志办副主任靳志华、县作协主席谢丙月探问其中的缘由。在他们的讲述中,运河始终是主角。

清河位处古黄河、海河等水系冲积而成的平原上,境内曾经河网遍布,且不同的河流在这里频繁改道,一河多名或者一名多河的情况甚为普遍,以至于搞清楚每一条河流的演变成了一个难题。抗洪或抗旱,与水的斗争贯穿清河有人类生活以来的全部历史。翻阅《清河县志》,诸如"汉元帝永光五年(公元前39年),河决清河郡灵县鸣犊口,屯氏别河塞绝","汉成帝鸿嘉四年(公元前17年),秋,黄河决,渤海、清河郡受灾"之类的记载构成了地方编年史最主要的内容——关于水灾的记录甚至一直持续到1977年。

在自然河道之外,先后有几条运河影响了清河。一是曹操将本流入黄河的淇水引入流经清阳(后并入清河)的白沟,增加水量,解决了进军邺城的军粮运输问题。这条河道也成为后来隋唐运河永济渠白沟至天津的河道,奠定了开凿南运河的基础。二是隋唐运河,河北段称之为永济渠,隋炀帝于大业四年(608年)诏征河北诸郡百万男女开永济渠,循沁水入淇水北流,过现在的内黄、馆陶、临西、清河和德州,一直到天津入海。

清河地方史学者李靖主编的《运河记忆》中有文章考证,隋唐运河成就了从隋唐到北宋的"贝州城市群","这三座城市自西向东依次排列的,分别是清河县城、贝州清河郡城和清阳县城";"三城的初建均在别的地方，因历史的际遇巧合，后来它们搬到了一起"。我们有理由相信，这个"际遇"，恐怕主要是拜河道变迁所赐。

从油坊镇向西穿过清河县城到达贝州古城遗址，位居宋代城垣东南角的是明代清河县旧城遗址——与宋城相比，明城小了很多。而与现代化的清河县城相对照，从前堪称"区域中心"的城市群只剩下了贝州古城这处遗址，仅存的南门和东门在酷暑中接受着烈日的暴晒与磨洗。

元代定都大都（今北京），统治江南和调运物资北上急需便捷的方式与渠道。至元十二年（1275年）到二十九年（1292年），朝廷三次开挖疏浚运河，打通了从杭州到京城的水路，是为京杭大运河。在这项工程中，主持人郭守敬的一个杰作，是将会通河段截弯取直，大运河由从清河县境西侧鲧堤入境改为从县境东南部穿过。这一被称作"走弓弦"的重大改变，既避开了淤塞严重的旧河道，也缩短了河道的长度，对于运河而言似乎全是好处。但它给清河的未来带来的却不知是危机还是机遇：端坐于隋唐运河岸边的贝州城因此丧失了地理上的优越位置，渐渐走向衰亡；代之而起的，是油坊镇渐渐成为声名远播的水陆码头。

在河北通往山东的运河桥头西侧，"油坊古镇"四个大字镌刻在高大古朴的牌坊上；高等级的柏油马路沿河堤一路向北，堤下左侧是充满现代化气息的油坊村；右侧堤岸上六个砖砌码头沿河而列，但再也等不来一艘航船，堤上的汽车轰鸣而过。

河流在大地上流徙摇摆，从号称"三城连珠"的贝州古城到油坊镇，它们因运河而兴，又因运河而废。

清河，堪称一座运河影响人类生活和城市建设的标本馆。在这里，古老的地名，残破的墙垣，不断被淤积叠压的土地，连同被埋葬在其中的芸芸众生，或许整夜都在凝神谛听——那曾经的欸乃混合着船压水浪的涛声，忽近忽远。

何人击楫问英雄

贝州古城南门西侧的城墙从与城楼连接处开始逐渐走低，直到在远处成为大地上一条并不显眼的隆起。废墟上长满树木和杂草，其间散落着数不清的破碎瓷片，以白色居多，偶见黑色和青色。随手捡起几片观察，尚可分辨出是盘、碗等器物的某个部位。这类瓷片同样大量出现在西关外和北城墙遗址的断面中。靳志华告诉我，这是典型的宋代民用瓷器残片。而据我仅有的经验，看白瓷的断口和质地当是出自距离这里不远的邢窑，略显粗糙的黑瓷则有可能是磁州窑所产，青瓷明显是南方窑系的产品。但邢白瓷早在唐五代末期即已衰落，为何大量出现在宋、明的废城里？

即便有瓷器专家，秘密也未必真能解。但可解的是，不同颜色瓷片所散发出的五彩光泽里，映照着古贝州城随航运而起的贸易交流盛况。

回到"天下北库"这个说法，上述《运河记忆》一书引了几则史书上的资料，颇有说服力。

《全唐文·颜鲁公行状》载："国家旧制，江淮郡租布储于清河，以备北军费用，为日久矣，相传为天下北库。"江淮郡的布匹沿运河运到北方，储存在清河以供北方的军队使用，清河便有了"天下北库"的称誉。当时清河繁盛到什么程度呢？"甲杖藏于库内五十余万，编户七十余万，见丁十余万。"无论是物资储备还是人口，几乎都是一个现代发达城市的阵容。

《资治通鉴》卷第二百一十七中的记载,让我们对这个巨大的中央物资库有了更加直观的了解:"今清河……国家平日聚江、淮、河南钱帛于彼以赡北军,谓之'天下北库';今有布三百余万匹,帛八十余万匹,钱三十余万缗,粮三十余万斛。"如此规模的物资储于清河,全凭运河输入。

正是因为大运河的开通,使得清河成了隋唐以来重要的国家战略物资储备地,这一地位一直延续到北宋仁宗时期。有了这个基础,不仅在巩固北方边防方面有了保障,也造就了清河历史上的高光时刻。

因为繁华,因为交通便利,因为是战略要地,必然会有很多超出寻常的事发生。王则起义是其中之一。

北宋仁宗初年,自太祖赵匡胤登基以来的中央集权统治虽然得到加强,但由于与西夏和辽的战争连年不断,社会政治经济出现危机。特别是大量流民投入军中,借当兵之名寄身军队以求生存,导致冗员增加;不仅靡费军饷,也削弱了军队的战斗力。庆历七年(1047年)冬至这天,一个小人物在从汴京去往幽州的水陆要冲贝州搅起了一场震惊朝野的战事风波。

趁知州张得一带领官员们去天庆观拜谒,宣毅军小校王则突然指挥士兵打开军械库,拿起武器,这里有数不清的刀枪兵械,打开监狱释放囚犯,并逮捕了张得一。一场以推翻朝廷为目标的起义就这样发生了。实际上,按照王则的策划,本该于庆历八年(1048年)新年这天起事,而且是贝州、德州、齐州和大名几地联动。但由于起义计划泄露,其他地方的守军有所戒备,他只得提前在贝州单独行动。占领贝州城池后,王则不仅建立了国号且自封为王,而且更改了年号、任命了官员,看上去是一副干大事的样子。但结果已被历史记下:临危受命的大宋河北宣抚使文彦博围攻贝州，采取声东击西的战术，在城南的永济渠里挖掘隧道进入城内，经过激烈的巷战后将王则等几位义军首领捕获，押解到开封后处死。

王则本是一个涿州农民，流浪到贝州后在大户人家当了放牛娃。这个身份所导致的个人素养显然限制了他的视野，致使他大计难成。他能够借助"弥勒教"来笼络人心已属超水平发挥，而他重点联络的德州、齐州、大名均在运河、黄河沿线，乘船可达。毋宁说，大运河也给了王则机会和胆量。

起义失败，故事并没有结束。

一桩夹杂着牺牲与镇压的战事伴随运河的流水迅速传遍大江南北，渐渐变成大众口中的谈资，并在民间叙事中演化出各种版本。元末明初，寓居江南的小说家罗贯中以此为题材，根据街谈巷议之说编订了一部有着二十回目的神魔小说《平妖传》。这仍不算完，到了晚明，大名鼎鼎的冯梦龙亲自上手，将这部小说增补改编为四十回本，即我们目前所见的通行定本。

与今天我们所持的马克思主义历史观肯定农民起义的历史功绩不同，罗贯中和冯梦龙站在封建朝廷的立场上，在小说中讲述了文彦博借助三个名字带"遂"的人镇压王则、胡永儿夫妇"造反"的故事，故此小说又别称《三遂平妖传》。

从王则密谋贝州起义再到《平妖传》的产生与传播，大运河扮演了难以替代的角色。

我把捡到的瓷片带回来，清洗干净后摆在书架上。端详着它们各异的形状，我有时想，这是历史的形状吗？其实，它们不仅是见证者，甚至就是历史本身。因为谁又能说，它们不是来自运河上船载而来的货物中的一只？谁又能说，它们不是来自起义军士兵端过的一只碗呢？

大河头尾是家川

值班的老会计王杰先年逾八旬，但高大健硕的身材、红彤彤的脸膛儿很难让人猜到他的真实年龄，只是满头白发里藏着岁月的风霜。在他的带领下，我们参观了设在村委会大院里的油坊村村史馆。展板上的介绍和展厅里摆放的实物，堪称一部运河与人的关系史专题陈列。

"晴天草里走，雨天泥里走，那不是常人能干的活儿！"谈到在运河上拉纤，王杰先老人感慨万千。早年大运河上逆水而行的官船、私船需要人力拉纤。这项劳动体力消耗极大，是个极苦的差使。青年时代的王杰先，也曾经是纤夫队伍中的一员。

我在大堤上行走，就像站在了通往历史和现实的十字路口上，脚步不知该迈向哪边。

右侧是京杭大运河河道，少得可怜的河水在沙滩上缓缓流过，早已不复当年的雄姿；左侧是已经被打造成旅游景点的油坊古镇，临街的一个院落挂着"益庆和盐店博物馆"的牌匾，青灰色的外墙上用巨大的楷体字做了更深一步的注解："中国近现代盐业专卖制度的起源地"。据靳志华考证，清代道光年间，一位山西蒲州人来此地，看到了便利的运河水蕴藏的商机，于是开设了这家盐店。由于经营有方加之市场需求旺盛，"益庆和"盐店很快就成为运河沿岸有名的大盐店，旺季日销售量有3万余斤。由于食盐是生活必需品，"益庆和"的生意一直红火到20世纪30年代，直到抗战爆发因战乱歇业。

　　油坊镇遗存至今的六个砖砌码头已是全国重点文物保护单位，其中就专有一座运盐码头，可见当时盐业之盛。一船船雪白的食盐从这里上岸，经由盐店伙计的手走向运河两岸百姓的餐桌，也注入身负纤绳、喊着号子、躬身伏地拉纤的纤夫们的血管里。不仅食盐，清朝初年开始，油坊码头逐渐达到它的鼎盛时期，周边夏津、南宫、威县、临西等地所用无数煤炭粮食、布匹绸缎、瓷器果品等日杂百货都从油坊码头下船。

　　像王杰先老人一样，每一条纤绳的另一头，既拉着纤夫们全家的生计，也拉着周边无数百姓的生活。

　　现在乡级行政单位的油坊镇下辖21个行政村，油坊村是其中之一。回顾油坊村的历史，那是一部村镇与运河相生相伴、人与运河相依为命的历史。

明朝初年——彼时大运河已经离开贝州城西的清河河道而从东部流过——运河岸边的北王庄村两位居民先后在村子的南边开了榨油坊，这成了未来被称作"小上海"的油坊村建村之始，而这两位村民的名字至今还被人记得：王崇德、王景山。最初他们为何选择在这里创业已不得而知，但后来油坊村的命运证明了他们的选择无比正确：运河漕运的发展使这里成为水路交通枢纽，各行各业的客商云集，像"益庆和"盐店这样各行各业的铺户林立在街道两旁，"聚全德"当铺、"同茂昌"广货店、"瑞兴厚"酒坊和肥料店……甚至这里还建起了"山西会馆"、被民间称作"二衙"的管理运河河务的衙门、慈善组织"理门公所"等社会管理机构，俨然一副大城市的模样。

现今村史馆内有一面"油坊姓氏文化墙"，墙上汇聚了全村所有的姓氏。从最初的王姓二人到如今 80 多个姓氏 6 000 多人，油坊村就像一个日益扩大的湖泊，大运河无疑是注入其中最浩大的水流。而我也知道，每一个姓氏背后都牵系着一条家族史的链条，他们从四面八方迁徙而来，为了生计，也为了家族和未来的幸福。

历史从来都是人创造的，哪怕他们默默无闻，也哪怕他们威名赫赫——但这并不是人的全部意义，人在创造历史的同时，也在创造自身。

在油坊镇相遇的童林与众侠客，他们并不一定实有其人，而是来自人民的创造。其中也包括武松、武植和潘金莲、西门庆这些民间耳熟能详的名字。不必做过多介绍，每一个中国人都知道他们的故事，而清河则是孕育这些形象的重要区域。清河是中国民间文艺家协会命名的"中国武松文化之乡"，武松及其兄长武植的传说被百姓口耳相传，只有部分被加工为小说中的情节；而《金瓶梅》里的人物正是沿运河上下展开他们的经济生活，清河是他们的活动中心。尽管施耐庵和不知真名的兰陵笑笑生虚构了一个并不完全与历史和现实相符的地理所在，但个中细节表明，它的原型就是运河边上的清河县。

小说家能用虚构历史的方式记录历史，就在于他们用人的立场和血肉创造了人。

一座黑底白字的文保纪念碑记录了清河油坊镇过去的辉煌，也揭示了后来无可名状的无奈。随着现代交通的兴起，光绪二十七年（1901年），李鸿章上废漕运折，京杭大运河失去了她最大的实用功能，从此走向了淤塞废弃的命运；从油坊码头出发的航船，也已找不到自己的航向。但是，油坊镇乃至清河这座与运河相伴的城市，在新的时代生活面前，终是逃脱了贝州古城因运河而兴废的历史周期率，在广袤的平原上拔节生长。

我眼前的这条河老了，河道里黄沙铺展，靠堤坝处则杂草摇曳，那径细水犹如老人臂膊上的青筋，鼓胀着历史的幽邃与深沉。但这条河并不服老，她用倔强的姿态与时间、历史对望，也与岸上匆匆往来的人相守。遥望着远去的河水，我想到叶梦得《点绛唇》里的句子：

"老去情怀，犹作天涯想。"

作者简介／桫椤　　河北唐县人，作家、文学评论家。有散文作品见于《四川文学》《散文百家》《广西文学》等媒体，入选多种散文年选。获孙犁文学奖、《芳草》文学杂志女评委奖。现为中国作协网络文学委员会委员、中国小说学会理事、河北省作家协会研究员、《诗选刊》杂志主编。

墨白

船行天下

墨白

我曾经的时光可以一分为二：1998年以前的42年，我是在家乡颍河岸边度过的；1998年至今，我移居到了黄河边。颍河与黄河，这两条相隔两百公里的河流，在中国古代，曾先后由鸿沟与贾鲁河两条人工运河沟通。

一

在每年不同季节的不同周末，我曾多次到过黄河，南岸或北岸，有时陪朋友，有时和家人。从花园口沿黄河大堤西至荥阳境内的古柏渡：广阔的黄河滩地和邙山，广武镇桃花峪三皇山上的黄河中下游分界处、邙山上的霸王城遗址，等等。站在霸王城遗址上看黄河，脚下黄土丘陵间的谷地，就是当年魏惠王开凿的曾经波涛汹涌的鸿沟。

公元前364年4月，迫于秦、齐东西两国的威胁，魏惠王决定从今山西夏县西北的安邑迁都大梁，这是开封历史上的第一次建都。因此，《孟子》一书中又称魏惠王为梁惠王。公元前360年，魏惠王西自荥阳以下引黄河水向东流经中牟,把圃田泽改造成了方圆三百里的巨大湖泊,然后凿沟修渠,从圃田泽引水到大梁。此后的20多年间,魏惠王命人向南继续开凿,水流经通许、太康,在我的家乡淮阳东南入颍水,史称鸿沟,是中国最早人工运河。由于鸿沟,大梁的四周水道畅达,魏国的船只可以直接驶入韩、楚、卫、齐、鲁、宋等国,交织构成了黄淮之间的水运交通网,促进了文化交流和贸易往来,使大梁城一跃而成为经济发达、富甲中原的商业都市。

随后的秦朝充分利用了鸿沟水系,把在南方征集的大批粮食运往北方,并在黄河分流处的广武兴建规模庞大的敖仓,在鸿沟沿途的陈留、陈县(今淮阳)等地设转运站。公元前209年7月,陈胜、吴广在大泽乡揭竿起义。据《史记·陈涉世家》记载:"陈胜者,阳城人也,字涉。吴广者,阳夏人也,字叔。"秦时的阳城,就是现在的河南商水,而阳夏,就是现在的河南太康。陈涉与吴叔率领众兄弟回到了家乡陈县。从那里乘船沿鸿沟往南可入颍水,再逆颍水往西可至阳城,而沿鸿沟往北可至阳夏,均六十公里。我的这两位陈郡乡党之所以定都陈县,或许就是为乘船回家方便的缘由。这年九月,项羽随项梁在会稽、刘邦在沛县分别响应陈胜、吴广;秦二世二年(公元前208年)六月陈胜被杀,项梁拥立楚怀王之孙熊心为王。在楚怀王面前与项羽誓盟结拜的刘邦,在前205年平定三秦后,东出荥阳与项羽以鸿沟为界对峙四年,最终以"鸿沟而西者为汉,鸿沟而东者为楚"而中分天下。

西汉时,鸿沟更名为狼汤渠。汉高祖十一年(公元前196年),刘邦封子友为淮阳王。这年农历十月,淮南王英布谋反,年逾花甲的刘邦亲自率兵从长安出发征讨。大军至荥阳后乘船沿狼汤渠经浚仪(今开封)、淮阳至颖水入淮水过寿县的九江郡至淮南,英布受到致命打击后仓皇出逃。刘邦取得胜利后归途迁道故乡沛县丰邑中阳里,请父老纵情饮酒,并挑选百余名青少年唱歌助兴,酒酣耳热之际,高祖即席赋诗,唱道:"大风起兮云飞扬,威加海内兮归故乡,安得猛士兮守四方!"曰《大风歌》。

到了东汉,鸿沟以浚仪为点,往西至黄河名分鸿沟水、汴水两段;三国曹魏、西晋时则称渠水;浚仪往南经陈国(今淮阳)入颖水段仍称狼汤渠,三国魏时则称蒗荡渠,音同字不同;到了南北朝,黄河至陈留段仍称蒗荡渠,而陈留往南经陈州(今淮阳)入颖水段,在谭其骧主编《中国历史地图集》里,始称蔡水。

太和六年(232年)二月,41岁的曹植改封陈郡为思王,十一月在忧郁中病逝。曹植死后,遵照遗愿由陈县沿鸿沟送往他曾经为王的山东东阿鱼山安葬,只在陈县城南三里鸿沟东岸立一衣冠冢。《世说新语》说魏文帝妒忌曹植的才学,命其在七步之内作出一首诗,曹植在不到七步之内便吟出"煮豆持作羹,漉菽以为汁。萁在釜下燃,豆在釜中泣。本自同根生,相煎何太急?"曰《七步诗》。我曾以《七步诗》为名作过一部中篇小说,而我大哥孙方友,则历时30年创作出了总量为756篇的新笔记小说《陈州笔记》。

二

隋文帝杨坚在开皇四年(584年)命宇文恺率众自大兴城西北引渭水,略循汉代漕渠故道而东至潼关入黄河,名广通渠。隋炀帝杨广受其父影响,在大业元年(605年)七月就着手开凿大运河,前后用了六年时间,以会稽、洛阳、涿郡为三点,通济渠、永济渠和南始余杭北至涿郡长达五千多公里的运河为边，构成一个巨大的三角形，将海河、黄河、淮河、长江、钱塘江五大水系连接起来。大运河充分利用了春秋时吴国开凿的邗沟，战国时魏惠王开凿的鸿沟，三国魏时曹操、邓艾开凿的白沟、平虏渠、广漕渠、睢阳渠，连接了黄河文明、淮河文明与长江文明，是中国古代治水经验的结晶与成果的巅峰。

在这个宏大的水系图中，无论从规模、长度或从地理位置，通济渠这个边在整个大运河系统中都占有重要地位。当年，隋炀帝南巡的船队从东都（今洛阳）浩浩荡荡沿着洛水入黄河往东，由板渚（今荥阳汜水镇东北）入通济渠，经浚仪一路东南，过陈留、雍丘、宋城、夏丘、宿州、灵璧，在盱眙北入淮水；然后沿淮水往东北经淮安往南入京杭大运河，过高邮、江都入长江，是黄河、淮河、长江流域的交通大动脉，特别是对南粮北运意义重大。隋炀帝在洛阳周围建有大型粮仓：洛口仓、回洛仓、河阳仓、含嘉仓等。我曾写过一部以隋唐更替为时代背景电影剧本《醋神》，故事发生地点就是以洛口仓为中心的洛水与河水沿岸，这些仓城都储有大量粮食，而其中一部分就是经通济渠从江淮一带运来的。

隋大业九年（613年），李密随杨玄感起兵失败后乘船沿蒗荡渠入蔡水逃到淮阳郡隐姓埋名，招收徒弟讲学。隋大业十三年（617年），闷闷不乐的李密写了一首《淮阳感怀》，尾有"一朝时运会，千古传名谥。寄言世上雄，虚生真可愧"句，有人觉得可疑，就报告了太守赵佗，赵佗派兵捉拿。李密连夜乘船往南经蔡口镇入颖水，逃脱后入瓦岗寨，废杀翟让，成为瓦岗军首领。在隋朝以后的唐、北宋时期，通济渠的航运地位显著，大批商船经过通济渠郑州段所处的荥泽一带，

成为全国水陆的交通中枢。

唐时的通济渠更名为汴水,到了北宋,又更名汴河。而蔡水,从隋至唐、五代十国、北宋、金年间一直沿用下来,漕运也十分发达。宋天圣七年(1029年)七月范仲淹知陈州,宋嘉祐七年(1062年)沈括任宛丘(今淮阳)县令,均是乘船从开封出发,沿蔡水至陈州赴任。宋熙宁四年(1071年)深秋,陈州知府张安道辟举苏辙为教授。苏轼通判杭州,乘船出都沿蔡水过陈州停留。等离别时,子由随船送至蔡口镇入颍水,苏轼后沿颍水入淮河赴杭州任职。苏轼在陈州期间有诗作《出都来陈所乘船上有题小诗八首和之》《颍州初别子由二首》等近三十首,其中有"颍水非汉水,亦作蒲萄绿"、"征帆挂西风,别泪滴清颍"等诗句。宋元祐六年(1091年),任杭州知府的苏轼被召回朝时,仍沿淮水入颍水逆行,途经蔡口镇前往陈州小住。

南宋建炎二年（1128年），南宋为阻遏金兵，东京守将杜充在滑州人为决开黄河堤防，汹涌的河水肆意南侵，由泗水、汴水、涡水或由颍水入淮，最终在金明昌五年（1194年），在现在的清江口夺淮入黄海。在河水的冲击下，大量泥沙涌入河湖，土地大面积盐碱化、沙化，通济渠的漕运地位逐步减弱，再加上每年缺少清淤治理，运河河床逐渐淤塞断流。到了元代，通济渠被湮塞。明、清时期，朝廷再修大运河时，将河道直接取直，由北京直通杭绍，不再绕道洛阳。就此，通济渠成为了历史。

2014年6月，通济渠郑州段被列入世界文化遗产名录后，我曾骑单车从郑州市惠济区索须河汇入贾鲁河处的祥云寺村，往西沿索须河到丰硕桥，走过全长15公里的通济渠遗址的索须河段；还骑单车走过惠济桥村附近4公里的汴河遗址。每次往返经过通济渠遗址纪念碑时，我都会停下来，步行从桥上走过，用心去抚摸那已失的时光。

由于金代黄河夺淮入海，通济渠在开封被拦腰截断，从此改道借蔡水往南过宛丘入颍水。到了元代，黄河再次改道往南，导致蔡河开封至通许段淤塞；明洪武二十五年（1392年）黄河决阳武（今河南原阳东南），泛陈州等十一州县，由蔡河至颍水任其泛滥19年，蔡河久不塞治。从此，蔡河（鸿沟）这条古老的运河在地图上消失。而作为蔡河边上的漕运码头，淮阳也就此画上了句号，只落了一个围绕城池至今仍烟波浩渺的龙湖。

元末贾鲁治理河道时，将汴河从郑州改道至中牟往南经朱仙镇入洧水，再经扶沟、西华，在如今的周口市入颍水，始称贾鲁。从此，贾鲁河替代了蔡河，成了连接黄河与颍水之间的水道。

三

明代初期，贾鲁河曾被更名为沙河（小黄河），到了清代，颍水更名颍河，沙河（小黄河）又更名贾鲁河。明、清时期，贾鲁河可行船上经朱仙镇抵达中牟、郑州，下入颍河经周口入淮河。清道光二十一年（1841年），黄河漫溢，两岸淤沙，航运渐止。而中断黄河与淮河水的沟通，则始于1938年的花园口事件。1947年，黄河回归故道后，下游自邙山以东逐渐成为地上悬河，贾鲁河也自成体系一路往南，使紧靠黄河的郑州终于成为了彻头彻尾的淮河流域。至此，贾鲁河漕运终于废弃，我家乡的河运，也就只有颍河了。

颍河发源于中岳嵩山，流经周口、阜阳，在安徽颍上沫河口注入淮河。但颍河不同黄河，作为淮河最大支流，从古至今河道都相对稳定，是淮河流域重要的排涝与航运水道。发源于伏牛山脉的沙河是颍河的最大支流，在周口注入颍河。曹魏代汉迁都洛阳后，又以许昌、谯、邺、长安为陪都。为便利交通，陆续改造旧水道，开凿新运河，魏文帝曹丕在黄初年间开凿沟通汝水、颍水的讨虏渠，就是现今漯河至周口的沙河。

据《明史》载，明成祖永乐六年（1408年），纳户部郁新奏言开辟淮、颍、沙三河漕运；明宪宗成化年间，因贾鲁河、沙河与颍水三川交汇，周家口水运西通襄阳、南阳，东连江淮，北至朱仙镇，商品经济迅猛发展。当时，新疆与内蒙古的骡马、广东与广西的纸糖、湖南与湖北的竹木、天津的食盐与六安的茶麻，连同省内淮阳的黄花菜、杞县与太康的棉花、新郑的大枣、豫西的煤炭以及当地产的皮毛、粮油，等等，均荟萃周口行销各地。延至明神宗万历年间，颍水沿线埠口码头逐渐增多：新站、水寨、槐店，苏、皖、浙一带的百杂货由淮入颖，运抵此地销售，或装船外运，周家口已成为淮河流域物资集散地，与神垕、朱仙镇、赊店一起被称为河南"四大名镇"。

到了清代康熙、雍正、乾隆年间，周家口船只通江达海，航运达到鼎盛时期。1840年初，曾国藩再次赴京赶考，《曾国藩家书》中首篇的《道光二十年庚子岁二月初九·致父母书》中云："正月初二日开车，初七日至周家口，即换大车，十二日至河南省城。"不光航运，当时的周家口也是南北陆地交通要道。到了清末民初，又因平汉铁路建成通车，使漯河成为沙河上游的重要码头，至此，沙、颖河航运如虎添翼，颖河上白帆点点，已经成为北方内陆举足轻重的黄金航道。

四

1961年，我父亲在镇里任财贸书记，受命到漯河为县里采购生活用煤。几只或十几只国营货船被汽轮拖着，长长的一溜在颖河上来往。父亲采购来的煤炭从上游的漯河装船运到我们镇子东边煤建公司的码头上。我二伯父是镇上搬运工会的工人，他们几十号人常年在镇西的粮食仓库、盐业仓库码头和镇东的土产仓库码头上忙活。

我时常跟着大哥到颖河边看来往的商船，渴望着从船上看到父亲的身影。有时我们会到码头边看工人装卸：粮食、煤炭或土产，有时是从上游漂来的长长的木排或竹排。有时会在劳动的人群中看到我二伯父。由于常年劳作，伯父到了晚年静脉曲张，他的腿肚上爬满了青色的"蚯蚓"。有时也会看到抬着装满蔬菜大筐的船工从街道里走过，他们嘴里唱着"哎哟哎哟"的号子，十分劳累的样子，可就是不停下来，一路往东拐向码头不见了。有时也会到镇中的渡口看从渡船上上下的行人，等待着不知道什么时候回来的父亲。父亲常常会在距我们镇西 20 公里的周口，或者更远的漯河给我们带连环画回来。父亲从漯河采购的煤炭一船一船地运到我们镇子的码头上，然后再通过陆路送往北边 20 公里的淮阳城。

成年之后，我仔细研究过这条刻在我脑海里的颍河。2001 年的秋天，我从周口出发一路往东，独自走了一次颍河：颍河镇、水寨、槐店、纸店、界首、锐镇、太和、行流、阜阳、口孜、江口、颍上、赛涧，从沫口入淮河后仍没有停歇，寿县、淮南、蚌埠，一直到运河的边上，那是我多年的心结。在我后来的每一篇小说里，几乎都能搜索到"颍河"两个字来。

1969 年以前，从周口至界首段全长 90 公里，60 吨以上的木帆船和拖船队常年通航。但到了 1970 年，因农业生产需要建成的沈邱闸与周口闸未修船闸，颍河航道被截断。数以万计的船民弃水登岸，大量的河南籍船舶流落他乡。后来，我写过一部电视剧《船家现代情仇录》，就是以失去河流的船民生活为背景。

1987 年 11 月沈丘船闸开工，2005 年底，周口港开港，颍河周口以下恢复航运。2011 年底，阜阳船闸重建完成，漯河至安徽省界的 172 公里航道全线贯通，丰水期航道水深达 3.5 米，500—2 000 吨级的船舶从周口港出发，途经郑埠口、沈丘、耿楼、阜阳闸、颍上闸、蚌埠、高良涧七座船闸，经颍河入淮河，从洪泽湖入京杭大运河。

现在，从郑州东乘郑合高铁只需一个小时，就能到达淮阳南。出了站往南 500 米就是颍河，就是我童年记忆里的煤建公司码头。现在的颍河镇码头被称为港口，码头上常常停泊着十几艘来自皖地的千吨货船。从这里沿着颍河往西不到五公里，就是周口港的物流园区。现在的周口港是河南省唯一的全国主要港口,已经开通了至淮安、太仓、连云港、大丰、上海五条国内集装箱航线和至洛杉矶长滩港国际集装箱航线,直达沿海各港口及世界各地。

每次乘高铁回家,我都会先来到颍河边坐下来,看着黑色、深蓝色或者湖蓝色的船舶从河道里慢慢驶过,船舶划开的波浪从远至近一波一波地击打着我脚下的堤岸。我知道,那些航行的船舶从不着急,顺着河道慢慢前行,在将来不久的日子,抵达目的地。

作者简介 / 墨白　　小说家、剧作家。著有长篇小说《梦游症患者》《映在镜子里的时光》《来访的陌生人》《欲望与恐惧》《别人的房间》,小说集《孤独者》《爱情的面孔》《重访锦城》《民间使者》等。获中国电视剧飞天奖优秀编剧奖。

汗 漫

在运河边歌唱

一

1190年，正月的一天。盱眙。

淮河结冰了，白光闪烁，像一把自西而东的剑，斩向自北而南的运河。这一条贯穿江南、中原和华北的"肠子"，在靖康二年，亦即1127年，断了。"肠断"一词，在汉语叙述中比比皆是，让异域异国的人难以理解。英语中，勉强将其翻译成"heartache"（心痛）。

已经六十三岁的杨万里，站在淮河与运河交界处的盱眙，亦即南宋与金国的交界处，目送金人使者北去，暗自感受一阵阵肠断与心痛。

前一年，11月，杨万里被委任为"金国贺正旦接伴使"，沿运河，来盱眙迎接金国使者，再乘船返回临安亦即杭州。完成一系列新春礼仪活动后，又陪使者乘船至盱眙，上岸略作休憩，观灯、游览山川、饮茶、听琴、教诗词、临写汉字，试图以汉家文化之灿烂，抵御偏安江南之羞惭，勉强让那些金人感到一丝自卑。

71

送走那一群客人与敌人，在官衙里，杨万里展纸研墨写诗："此去中原三里许，一条玉带界天横。""万里中原青未了，半篙淮水碧无情。""何必桑干方是远，中流以北即天涯。""长淮咫尺分南北，泪湿秋风欲怨谁。""却是归鸿不能语，一年一度到江南。"……一泄块垒。再登船，沿运河缓缓南归，途中作诗，有名句如"莫怨孤舟无定处，此身自是一孤舟"等。

杨万里这一"孤舟"，恰恰生成于靖康之难，呱呱坠地于江西吉水。1206年，杨万里去世，终年七十九岁。南宋苟延残喘，至1279年，湮灭于蒙元军队的狼顾虎视马蹄疾。

一生未曾入中原。杨万里止步于淮河边，总试图在盱眙这一肠断处，对运河进行一场缝合手术。他主战而非主和，站在岳飞、辛弃疾、陈亮、陆游、范成大一边，让苟且偷安的君君臣臣头疼心烦。才华耀眼，皇帝又不得不控制性使用，边敲打，边安抚，试图掌控这些杰出的灵魂。而他们，始终对恢复隋唐时代开辟的一条古运河的完整性，耿耿于怀。

八百多年后，我，一次次游荡在杨万里们魂牵梦萦的中原。时移势易天地转。

宋以前，2 700公里长的隋唐运河，基本上呈"人"字形结构——这"人"字的头部，是洛阳，左右双臂展开，通向黄河以北的津沽、通州、大都，指向黄河以南的汴京、盱眙、扬州、镇江、杭州。元朝建立后，重构出"一"字形的京杭运河，长约1 700公里，两端是大都与杭州，改走齐鲁境内，沿途城市随之兴盛，如德州、临清、聊城、济宁等，为《金瓶梅》等明清小说中的人物，提供生成的空间和逻辑。曾经处于运河关键位置的汴京亦即开封，对于中国叙事的重要性，降低了。

靖康耻,成因之一:北宋历代皇帝,均迷恋汴京临近运河之地利,以源源不断获得南方之经济动能,但平原寥廓,无险可守,金人铁骑可迅速陷北宋于万劫不复之境地。

隋唐运河的中原段、华北段,因黄河决堤、改道、河床抬升等,或淤塞为遗址,或成为局部性的河流,供养岸边的灯塔、镇水兽、鸟巢、炊烟、五谷和诗情画意。当下仍有船来船往,但水路短了,船上人,就没有太强烈的孤愁感。尤其是著名的汴水亦即汴河,旧河道进入博物馆,新河道则还在缓慢获得历史感。

在这些局部性的河流上,唐人李敬芳"东南四十三州地,取尽脂膏是此河"之愤懑,已不存,很好。风吹流水掀起层层波纹,有鸭子和水鸟欢跃,很好。

二

1179年,3月的一天。常州。

此时五十二岁的杨万里,携家眷出城,来到运河码头乘船,赴广东履新。

少年时期,杨万里自故乡吉水乘船,沿运河抵临安赶考。榜上有名。在还乡待补、养病、守丧、长期遭主和派围攻、外放数地知天命后,两年前,即1177年4月,终获得重用,履任常州知州。兴水利,减税赋,建书院,深孚众望。获悉杨知州离去,常州城满是叹惋、眷恋、依依不舍。

这一天,运河上,杨万里的船,被送行的民船围着、陪着,缓慢前行。杨万里站船头,一次次揖手鞠躬。到傍晚,还没有走出常州辖区。在一个名叫"小井"的镇上靠岸、过夜。入河边餐馆，饮烈酒，吃松江鲈鱼，说江南滋味。运河上，有船只来往不歇，大约因事急赶路，船头与船尾，亮着提示性的灯笼，以免碰撞。次日，复启船前行。细雨霏霏，两岸云烟如画卷。杨万里痴痴眺望，挥笔作诗："船窗深闲懒看书，独倚窗门捻白须……"

船过无锡，雨更大，船篷击打出鼓点声。石桥上，有人头戴蓑笠或撑伞来去。远望惠山如浓墨与飞白。杨万里未曾登临此名山品茶赏景，怅然。这场雨似乎也感知行子心情，渐渐歇息，杨万里停船上岸复登山。归来，已薄暮，杨万里问船夫："前行至新市再歇息，可好?"船夫诺。

我也曾在无锡城内徘徊，走过运河上名为"响桥"的古石桥。杨万里也应是从这桥下摇荡而过。响亮的人，越过一座响亮的桥，多好。

新市，北宋年间出现的一座市镇，在湖州境内，傍大运河而新生。河埠头多多，有双落水式、单落水式、八字式等，为河边男女撑船往来、挥动棒槌洗衣、提木桶洗菜，提供亲近河水的种种小平台。石头垒砌而成的驳岸，逶迤而精美，镶嵌各种造型的系船石，方形、圆形、牛鼻形等。注重细节里的美感，是古中国传统，尤其在大局难以掌控的时代里，一个匠人与一个诗人，尚能以微物之美抚慰心灵，也好。我不知道，那一天深夜抵达新市，杨万里的船夫犹豫一下，把缆绳系在哪一种形状的船石上?

次日，复启船南行。天气晴好，田野里，油菜花微黄一片。杨万里内心一热，伏在小几上，写出一首载入当代教材的名诗："篱落疏疏一径深，树头新绿未成阴。儿童急走追黄蝶，飞入菜花无处寻。"

地理，就是命运与心志。所谓"诗言志"，即，言说地理赋予士子的沉痛与欢悦。杨万里一生写诗两万余首，存世四千余首，关于运河的诗篇数量竟达千余首。正因杨万里等历代诗人在歌唱，运河逐渐摆脱了人工的僵硬、功利，有了自然而然的美感、声腔、魂魄。

诗人在船上或岸上写出什么，一条河流就是什么。

三

1187年，6月的一天。临安。

清早，吃罢净慈寺的素斋，六十岁的杨万里，与年轻的林子方，联袂步出寺门，分乘两顶小轿，沿苏堤去运河边的码头。林子方将离开临安，沿杭甬古运河至宁波，再换乘海船，赴闽地任职。前一夜，在净慈寺，两人品茶话别至四更天。林子方索诗，杨万里答应："君远行，老翁当以拙句相赠……"

自常州赴广东任职取得斐然政绩后，杨万里回临安履新，已数年。先后任尚书吏部员外郎、吏部郎中等职，辅导太子读书，述往事，念中原。而接待金国使者的荒诞和羞愤，尚待三年后，再去面对和体会。一个诗人的生成，正赖于种种的伤感、荒诞和羞愤。

苏堤两侧，热风吹卷西湖，荷花层层叠叠俯仰摇曳。像白居易一样，苏轼继续疏浚西湖，让湖水与钱塘江水、运河水，贯通融汇。此时，远处，白居易以湖泥筑起的那一道白堤，在荷花遮掩下已不可见。杨万里揉揉眼睛，低语："老花眼了。这荷花，每一年倒新颖无比……"

抵码头，杨万里紧握林子方的手："诗有了，题目就叫做《晓出净慈寺送林子方》吧，毕竟西湖六月中，风光不与四时同。接天莲叶无穷碧，映日荷花别样红。"林子方的眼泪一下子流出来："先生极言西湖之美，我如何不懂先生之深情？望珍重、平安，待晚生归来同游同饮。"一艘船远去了，穿越春秋时期人工开辟的山阴故水道，入海……

不论隋唐运河、京杭运河，还是杭甬运河，杭州始终是运河的起点亦即终点，证明：这座名城，是一个古老国度的经济重镇，以运河，向北方输血、赋能，将内陆与大海以外的世界相连结。在南宋，在难以为宋后，运河，丧失联通南北西东的雄心与力量，在半壁江山里过小日子。

杨万里一日日环绕西湖走，从湖水里，能看出中原汴水与泗水吗？他尤其热爱夏日西湖，喝罢一碗烈酒，用一顶斗笠遮脸，半裸后背在湖边游荡。医术中，有"冬病夏治"之说。杨万里试图用万里荷花，治疗周身寒意？"泉眼无声惜细流，树阴照水爱晴柔。小荷才露尖尖角，早有蜻蜓立上头。"

西湖的盛夏、蜻蜓、荷花，属于杨万里，正如西湖的春日拂晓，属于苏轼。

四

1191年，12月的一天。苏州。

运河边，石湖旁，一座庭院，红梅、绿梅与黄梅，在大雪纷飞中绽放。

庭院主人范成大，六十五岁。二十年前，曾提着自己的一颗头颅，乘船复骑马，出使金国，在燕山下慷慨陈词，赢得金人敬意，得以全身而归。眼下，卸四川制置使一职，也已十三年。退休，在苏州城外的石湖，购地种梅花。沿运河游走，闻占卜者、歌者、卖鱼贩菜者呼号求告声，心痛不已，掏尽身上碎银。写诗，整理全集。1193年去世。

受范成大生前所托，杨万里为《石湖集》作序，赞美这一兄长和知己："今四海之内，诗人不过三四，而公皆过之而无不及者。人琴今俱亡矣。"

这一天，有客人二：杨万里、姜夔。

姜夔二十八岁，自隐居地湖州，乘船来，已逗留月余，有新作《暗香》，令范成大激动不已，反复诵读："旧时月色，算几番照我……"复大声赞美："君气貌若不胜衣，笔力则足以扛鼎！"姜夔咳嗽着，鞠躬相谢，似乎真的难以承受身上棉袍的重量。

杨万里，已六十四岁了。接范成大"速来雅集"之信札，自建康亦即南京，冒雪乘船来。上一年，即1190年，送走那些金国使者，杨万里就拒绝再参与此类差事。被授予江东转运副使。沿运河赴任那一天，经苏州、无锡、常州，抵建康，一路都是他熟悉的城阙人烟。即兴在船舱中写诗："晚色催征棹，斜阳恋去桅。""船上高桥三十尺，市人倚折石栏干。"……

少年时，范成大与杨万里同年金榜题名，与被人顶替而落第的陆游，结成好友。三人都是南宋诗坛大家。诗风迥异。陆，沉雄劲健。杨，清新自然。范在陆、杨之间。一概胸怀赤子之心。姜夔，则是晚一辈诗人，被杨万里发现，击节赞叹："诗风酷似陆龟蒙！"推荐给范成大，范成大亦赞叹："类若魏晋人物。"

这一天，三人围火炉对酌、吃点心，说临安与不安，及至彻骨沉痛处，不语。天色暗了，范成大点亮蜡烛、展臂弹琴，唤来一个名叫小红的女孩，吟唱三人作品："年年送客横塘路，细雨垂杨系画船。"（范成大）"鸡犬渔翁共一船，生涯都在箬篷间。"（杨万里）"溪上佳人看客舟，舟中行客思悠悠。"（姜夔）唇齿声腔里，"船"与"舟"，屡

屡浮现，带来流水长河般的漂泊感和美感。

小红的诵唱尤显动人，吟唱姜夔词句时最为动情。范成大与杨万里相对一笑，点点头。

三人对酌至深夜。小红在一旁布菜、添炭、续蜡烛，偷眼看姜夔，眉目间有无限情愫。范成大低声问小红："可愿随姜兄去湖州？"小红脸红像梅朵。

第二日，大雪满江南。运河上来往的船只，显得紧张几分，间或发出撞冰的咔嚓咔嚓声。姜夔携小红乘船回湖州，过垂虹桥，幽幽念诵："自作新词韵最娇，小红低唱我吹箫。曲终过尽松陵路，回首烟波十四桥。"杨万里乘船北，抵建康，写出一首新作《钓雪舟倦睡》："小阁明窗半掩门，看书作睡正昏昏。无端却被梅花恼，特地吹香破梦魂。"

"钓雪舟",是杨万里书房的名字。不论在建康,还是在常州、临安、盱眙、苏州,乃至终老、长眠的吉水,他永远是运河大雪里的一叶舟,舟中一粒人。

五

1192年,7月的一天。镇江。

六十五岁的杨万里,一大早,自建康乘船而下,抵镇江城外北固山,靠岸。

在江东转运使副使任上,履职一年,倦了,决意弃官,过范成大那样的生活,在故乡安放不安的身心。还乡前,来镇江,了却一件心愿。

登北固楼,看运河在镇江、扬州,完成转换和交接。想辛弃疾,"千古兴亡多少事?悠悠"。想白居易,"汴水流,泗水流,流到瓜洲古渡头,吴山点点愁"。凭栏四望,尽是曹刘、孙仲谋、岳飞、韩世忠乃至金兀术们,一概留恋的南方景象。

而中国的未来,尚处于杨万里的想象力之外、历史逻辑之内——元军、清兵、英国海军,次第而至,领略、占有这长江与运河交汇之地的壮美。1842年8月29日,在一艘停泊于燕子矶的英国军舰上,《南京条约》签订,清政府丧失了对扬州、对运河的控制力。帝国的经济动脉断了。

履职于岳飞当年大战金军、浴血收复的建康城,一个诗人、士子,如何平定内心?杨万里与辛弃疾、陈亮、陆游,都曾屡屡上书,要求将南宋首都,由临安迁移至建康这一江河关键处。而关键处,必是危险峻急之境地。惜命、贪欢、偷安的君君臣臣,如何乐意?

"正入万山圈子里,一山放出一山拦。"面对流水,杨万里悟得此规律。"到得前头山脚尽,堂堂溪水出前村。"同样是他面对流水获得之信念。

杨万里迈下北固楼,至江边悬崖,在缤纷岩刻间寻寻觅觅。终于,看见那几列被镌刻于岩壁的老友手迹:"陆务观、何德器、张玉仲、韩无咎,隆兴甲申闰月廿九日,踏雪观瘗鹤铭,置酒上方,烽火未息,望风樯战舰在烟霭间。慨然尽醉,薄晚泛舟,自甘露寺以归。明年二月壬午,圜禅师刻之石,务观书。"

陆务观即陆游,此文《焦山题记》,作于1164年,时任镇江通判,三十九岁。那一年,杨万里三十七岁,在吉水为父亲守丧,辗转读到这篇文章,赞叹不已。

在1170年所作的《入蜀记》中,陆游记录了历运河、入长江、抵夔州的经历。过苏州那一日,"雨霁,极凉如深秋。遇顺风,舟人始张帆,过合路,居人繁伙,卖鲊者众"。杨万里读到这"鲊"字,蓦然兴发,乘船去苏州寻访。我也曾乘高铁去品尝。这种以腌、糟等方式加工的鱼,味甘悠长。在同一种味道里,异代的知心人,走在同一条道路上,都不孤单了——那运河里的路、大地上的路,也是灵魂里的路。

不同于范成大有出使北方之经历,陆游与杨万里一样,一生未入中原。在蜀地,曾与范成大共谋北伐,无果。终老于山阴,比杨万里晚两年辞世,八十四岁。屡屡写梦:"梦里江淮道上行,解装扫榻喜新晴。""雪晓清笳乱起,梦游处,不知何地,铁骑无声望似水。""夜阑卧听风吹雨,铁马冰河入梦来。"……梦境里,依旧是江淮中原,铁一般坚强的马,冰雪中的运河、淮河、黄河……

陆游、杨万里、范成大、姜夔、小红,无数著名或匿名的人,在运河边歌唱,以安顿内心的喜悦与悲慨,让同代与后世的人听见了,一起喜悦与悲慨。

建康一年间,杨万里屡屡有参访《焦山题记》碑刻之念头。此一日得遂心愿,畅快几分。

杨万里朝这篇文章挥挥手,像朝陆游挥挥手,转身离去。旁边,是中国的溪水、江水、运河水,堂堂东流,融汇为一,不必也不可区分。

作者简介 / 汪漫　　中原人,现居上海。有诗集、散文集多种。获人民文学奖、琦君散文奖、扬子江诗学奖等。

运河流过故乡的平原

周蓬桦

运河与湖

我真正意义上的故乡，是在开阔荒凉的鲁西平原上。在童年的印象中，除了大片的荫柳棵，还有梨园、枣林、麦田、棉花地和干草垛，黑咕隆咚的冬夜，以及平原上空那一轮血一样凄美惨烈的月亮。

故乡的平原视野开阔，太阳出来时几乎没有任何遮挡，春天里风沙弥漫，时常把路边的白杨树刮倒吹弯。奇怪的是，在我家的土房子附近，却是水流溅漫，野草葳蕤。由于水的意象参与，它构成了我童年时代两幅梦境似的画面，一幅是呜呜尖叫的大风，另一幅是镜子般水乡的静谧澄明。

当时，我家住在聊城东昌府西南角的沙河镇上，周围的村庄像缝补在平原上的一枚枚纽扣。夏天，孩子们枕着满耳朵的水声入眠，这样可以把梦做得幽深入味，鼻孔间萦绕着木柴炖肉的香气。醒来出门，是连接成片的水洼池塘：清澈的水汊环绕着镇子，屋檐上湿漉漉的瓦，湿漉漉的炊烟，家家户户的门廊前，放置着一只接水的瓦罐，阳光照耀下的瓦罐闪闪发亮。懵懂时期的孩子们，不知道水是从哪里来的——除了天上的雨水，还有另外的水吗？渐渐地，我们从大人们嘴里获知，平原上除了风沙，还流淌着众多条河，黄河、大运河、马颊河、漳卫河、赵王河、周公河、青年渠、小湄河……而古老的东昌府，位于黄河与大运河的交汇地，它因此获得了"江北水城"的美誉。明清时期，东昌"因水而兴盛"长达四百余年，曾有"舟楫如云、帆樯蔽日"的盛况，是举世公认的"运河古都"。这些纵横交错的河流，构成了水的源头，生物与植物的源头：鱼虾塘、芦苇荡、荷花荡、菱角坑、蒲草丛……从某种意义上说，河流构成了一个孩子童年的性格基因与大部分欢乐内容。

至今记得，20世纪70年代某个夏季燠热难当的夜晚，伙伴们会合于镇子街头，大家耍毕捉迷藏的游戏，为首的孩子王提议："明天起个大早，我们到聊城看看吧！"这是我童年记忆的一个重要的事件：三个穿短裤的孩子，瞒着父母，怀揣对一座城的向往，沿着狭窄的乡村公路欢快前行，公路两边是腥气扑鼻的河道，蛙声、蝉鸣和各种鸟叫声响成一片，蜻蜓在头顶时飞时停。大约徒步十公里后，我们搭上了去往镇上的马车，与车把式一路说说笑笑。进入东昌城，率先映入眼帘的是烟波浩渺的东昌湖，伙伴站在马车上，用手一指："快看，鼓楼！"他所说的"鼓楼"，乃闻名遐迩的光岳楼，是我幼年时乡人口中提及率颇高的地标性建筑。光岳楼始建于明代，围绕它的传说比吊炉烧饼上的芝麻还多，至今是鲁西平原百姓眼里的骄傲。

《东昌府志》记载："明清两代，京杭大运河为南北交通大动脉，沿河过往的帝王将相，文人学士多都登临此楼，凭栏咏月，作诗赋词。"我顺着声音望去，但见一片白茫茫浩荡无涯的水波之上，兀自烘托出一幢黑黝黝、气势恢宏的庞大建筑，头顶霞光点点，有白鹭与孤鸟围绕着它环舞鸣叫，"唧唧唧，喳喳喳"。烟波浩渺之中，鼓楼与脚下的东昌湖形成了绝配景观，毫无违和感。记得在当时，我问过车把式大叔："这么多水，是从哪里来的呢？"

"大运河。"他操一口浓重的鲁西乡音，这样回答。

三年之后，我们家从沙河镇迁到聊城辖区的茌平县城，而我也已长成一位多愁善感的少年。终于，有一个机会，父亲带我登上光岳楼，让我从高处俯瞰到大运河的真容。但见这条流淌了 2 500 年的河流像一记明亮的闪电，一道白练自南向北，蜿蜒行进 1 700 余公里，将烙印重重地打在我故乡的大地上。它浩浩汤汤，挟带着外部世界的文明信息，先是把平原板结的土地划开一道缺口，又一个鲤鱼打挺，汇聚成一片大湖的漩涡，唤醒一方水土，让一个地理学及生态学的概念被重新命名。

老会馆的折光

初夏的黄昏，我沿着古老的运河缓缓漫步，岸边垂柳依依，黄鹂鸟在枝头啾唧呢喃，一种难以名状的情愫在心头弥漫扩散。抬眼向西，即见那座年代感鲜明的建筑山陕会馆，瓦檐翘起，位置抢眼。这幢被当地人称为"关帝庙"的灰瓦建筑，始建于乾隆八年（1743 年），颇具雕梁画栋的气质，是当年运河繁盛、漕运经济发达的见证与缩影。

由于运河的水上商道不舍昼夜地穿梭，山西与陕西商贾中的有识之士，几乎不费吹灰之力便达成共识，集资兴建一座"祀关帝，联乡谊"的处所。经过一番筹措设计实施，一处占地面积3 311平方米的会馆应运而生。类似的会馆，我曾经在山城重庆参访过，它们用途相似，规模有大小之分，但都无一例外地采用雕刻与绘画艺术，琉璃照壁，堪称精美绝伦、独具匠心，折射了古人的生活品位与生存智慧。在山陕会馆内，儒、佛、道各家皆各归其位，官府规制与民间习俗杂糅多元、求同存异，彰显了彼时的精神格局与古训规则，众多的商业巨子们在此休戚与共、交流合作、互通有无、诚实信守、栖息休整，为人类商业模式中的契约精神提供了坚实范例。

令我稍感讶然的是，山陕会馆一点也不幽闭，甚至有些高调地出现在古老的东昌府地盘，完全是一处敞开的场所，当地乡民可以自由出入，参与各种交流。会馆中设立了古戏台，剧种剧目丰富多样，各地戏台班子由京杭大运河航道，鱼贯而入，上演京剧、黄梅戏、沪剧、吕剧、晋剧、秦腔、豫剧、评剧、山东梆子、苏州评弹以及相声、杂技、山东快书等传统戏曲，接地气的演出，给齐鲁大地注入了多元文化活力，也起到抚顺人心的作用。

木船悠悠，运河日夜奔流不息，带来一股股清凉之风。夜晚渔火点点，雨丝打不灭船头的灯笼。那些自远方漂来漂去的船只，带来市场一线的商讯与人文信息资源，还带来了异乡的马匹、家禽、蔬菜、水果、草药、偏方、美食、服饰、皮革、丝绸，以及西北锅盔、吊炉烧饼、肉夹馍、苇席编织、砖窑烧制等各种烹饪技法和民间手艺。自此以后，故乡小贩在街巷的叫卖声中，增添了许多新鲜的内容。

说到我本人与山陕会馆的首度交集，彼时我还是一个少年，那恰恰是运河命运的低谷落寞时期，河水几近枯竭，裸露的河滩上布满被日光晒得发烫的卵石；山陕会馆前门庭冷清，镶满铜钉的正门旁边开

了一侧小门,供游人出入。

如今,山陕会馆已然成为鲁西平原一处网红打卡地。我伫立在会馆前,陷入沉思:与古老悠久的大运河相比较,人类个体的生命何其短促,人们甚至活不过一块旧瓦。然而,有许多老建筑却可以留存下来,成为地标,成为灯盏,成为烛照。这是文化与艺术的胜利吧?它的存在即是一种诉说。正是在大运河的物质需求与精神交汇的地气中,从故乡走出了一代代文化艺术精英分子,诸如武训、傅斯年、季羡林、李苦禅、孙大石,以及当代作家余华(祖籍山东高唐)、张海迪、左建明,等等。

山陕会馆的复兴,从侧面道出一个事实:在任何朝代,民生都是天下第一要义,验证了"民以食为天"的朴素道理。从始至终,百姓向往美好安宁的生活,让自己活得精致讲究一些,是最基本的权利和凤愿。先人们在这条天道运行规则下，实现文化交融碰撞的无缝对接，一些理念放到今天，都带有"前卫"色彩。在那个信息封闭的年代，这些超凡脱俗而又务实的理念，归功于大运河翻滚的波涛和盛开的浪花。

河畔人家

"开船喽。"

船老大一声吆喝，木船顺流而下，一路向北，缓缓抵达临清小城，那里曾经是运河码头集散地和运河钞关地，临清因此获得了一个"小天津"的美称。为了感受真实的运河现状，朋友建议我弃车乘船，用一种虔诚的心情去探寻古运河存留的陈年遗迹。半机械化的木船在马达的轰响中启程，站立船头，顿觉水气扑鼻，清风拂面，运河两岸花树繁茂，野鸭子和苍鹭的翅膀在水中翻飞，或翩翩起舞。船老大说："您来得有点晚了，如果惊蛰前后来，岸边的桃花开得灿烂，才叫一个好看呢。"

我知道，眼前这一片清澈的运河之水既是粗犷的，又是灵秀的，它融入了黄河、海河、长江、淮河、钱塘江等众多的水系，连通着不同的地域文化，不同的血脉在水中融会，形成合力。而最终，在百年沧桑巨变中汇入中华民族图腾之海，书写崭新的史册。

船老大年约六十岁，他的家就居住在运河边上。他一边开船，一边如数家珍地向我讲述运河。他说，自幼年起，他听着这样的民谣长大："上有天堂，下有苏杭。过了济宁，就是东昌。到达京城，必经临张。"

民谣中的"临张"，即是临清与张秋镇的缩写称谓，可惜此行时间紧张，我不能到运河流经地阳谷县张秋镇进行实地采访。听说船老大的家毗邻运河，我精神一振，眼前浮现出一幢冒着炊烟的河畔屋舍，门前的狗窝，灶间的柴草，熏黑的烟囱，捕捞的工具和防雨的斗笠挂在墙上。院子里的大榆树，上有喜鹊筑巢，代代繁衍；树下的石桌石椅和马扎，桌子上摆放着一把茶壶、一把芭蕉扇子、一碟花生仁、一筐熟地瓜、一盘煮毛豆、一盘鸭梨，还有一管旱烟袋。这个经典传统的隐逸画面，比较符合鲁西人的生活样貌和审美取向。但想象终究不是事实，要获得一个验证，则需要到现场考察。

下了船，我执意要求，欲到船老大家瞅上一眼。当然，这个要求得到了满足，我们一行人穿越码头，头顶明晃晃的日光，远远地看到一片绿荫，榆树与桑葚杂植其间，竹篱上的紫藤花开得像一幅国画，护院的草狗远远地吠叫。攀上一段石径铺就的腻滑陡路，终于来到了船老大家的小院，一股清气夹杂着木质的霉味侵入鼻孔。没有想象中的诗意浪漫，除了屋内稍显潮湿，倒也与想象中的河畔屋舍景致出入不大。总之，呈现在我眼前的是一幢烟火气浓郁的旧院子，丝瓜架、蚕豆秧、铁丝上成串的鲫鱼干，一切都透着日子的淳朴与平实。

就居住风水习俗而言，鲁西人习惯分堂屋和偏房，堂屋坐北朝南，迎着正午的阳光，偏房用作米仓或灶间。在堂屋的八仙桌上，挂着祖辈的画像或旧照，镶在梨木镜框内。船老大指着一幅黑白老照片，说已故的父亲在年轻时曾经做过多年的运河"跑船工"，他负责拉纤，每艘船可以拉一万多吨货物，"当时的公社里，有30多只船。"他抬手擦拭额头的汗水，一边讲述家史，"到了1958年10月，河道被加宽，河水变少，船容易搁浅。我父亲才不做船工了，回家种地养鸡。我们家祖祖辈辈对运河太有感情，始终舍不得搬迁离开这里。"短短几句话，折射出运河曾经的兴衰、变化与更迭,还有疼痛与各种怜惜。

船老大说得不错,改革开放以后,他曾经去城里打工谋生,也曾回到运河边上开小商铺,到老街上卖过小吃,炸过煎饼果子、糖糕和油条,但最终,选择回大运河开观光船,做了新一代船老大。"我已经干了十来年,打算不换活路了,要一直干到老。我喜欢闻河水的味道。"他乐呵呵地说,口吻很是轻松通达。其实,生肖属猴的船老大,今年已经67岁了。

水城的桨声

太阳每天从平原上升起,照耀着古老的黄河故道,古城脚下的湖水闪闪发亮,窗外桨声欸乃,夹杂着船工的喊号声。我在朋友位于古城区的新居住了一夜,醒来已是万道霞光。

史书记载,黄河水患曾经多次让东昌受害,每一次改道都留下大量的泥沙,这是春天刮风的根源。可怕的"河决"是当地老辈人的叫法,正所谓"三年一决口,百年一改道。"最严重的一次,发生在955年,直接造成了黄河的第6次改道。如果没有运河水的梳理润泽,眼前一望无际的万顷良田,恐怕将是一片盐碱滩,不长树木,只生芨芨草。

京杭大运河由对鲁西平原土壤质地的改变,更进为文化层面的优化吸收与潜移默化的影响。在东昌古城短暂逗留的时光里,大片的园林、青竹与橘树,巷子里被游人的鞋子磨得发亮的石板路,时时让我产生一种错觉,以为自己置身于风景灵秀的江南水乡,巷子上空,氤氲着茴香豆和酿黄酒的醉人气息。运河改变了平原人的口味,让这里的饮食文化十分考究发达,这些珍馐美食的来历,几乎都与漕运繁盛时期的生活质量有关,诸如临清"八大碗"、运河什锦香面、鬼子鸡、布袋鸡、托板豆腐、武大郎烧饼、沙镇呱嗒、临清焖饼、莘县蒸碗、古城鸳鸯饼、高唐老豆腐、牛肉糁汤、东昌胡辣汤、佘羊肉丸子……名目繁多如满天星子。若是某位异乡人来到东昌府,住上十天半月,一路吃下去,断然不会重样。而我至今怀念小时候的几种吃食,印象最深的是每年夏天,母亲会到镇上的肉铺割一条肉,做一锅冬瓜炖肉汤。美其名曰"炖肉"改善生活,其实多是瓜菜,肉被切成细丝,打捞半天才能捞出一粒肉丁,急忙放到口中,让它与一汪口水慢慢相融交汇,香气满满,幸福满满。

幼年时代,母亲还曾做过一道美食,唤作"菜蟒",味道难忘。无奈走南闯北数年,却从不曾在他乡见人烹制过,当然也就无从品尝。但在昨天晚上,在我不明就里的情形下,餐桌上出现了久违四十余年的"菜蟒",而且纯属一种天意巧合,令舌尖毫无准备。望着它,我举箸半空,发起呆来,内心翻江倒海地勾起许多往事。故乡的朋友们有说有笑,却没有一个人会猜到我与一种饮食之间存在的渊源和精神情结——这和一个人在内心深处与一株树,甚或一条河流的情结纠缠惊人相似。

作者简介/周蓬桦　　作家、散文家。山东省作协散文创作委员会常务副主任,山东省散文学会副会长。出版散文集《风吹树响》《浆果的语言》《沿着河流还乡》等,长篇小说《野草莓》《远去的孔明灯》及中短篇小说集《遥远》等。获冰心散文奖、中华铁人文学奖、泰山文学奖、丰子恺散文奖等。

纸上行舟

王世贞的大运河之旅

盛文强

一

帆影漂浮在河面上,那些倒立的白色三角形,个个兜满了风。拉扯帆绳的艄公立在下面,听到隆隆的风声在帆布上来回滚动。帆影沿着河道忽上忽下,穿过分水闸,驶入开阔的水面,远处城墙的锯齿状垛口,在黄昏时分的雾气中出没,瓮城的半圆形围墙凸出,消解了四角城墙的坚硬,遥望城内密集的屋顶,想到那些屋顶下面,是熙攘的人流。城外依傍河岸,有三两座村庄闪现,方盒似的房屋在运河边成簇生长,它们和植物相似,起初是零星的几株,不久便连成了大片,沿着河岸雁翅排开,径直向两侧蔓延,它们像运河的花冠。

船舱里走出一人,几步走到了船头,他手捻着花白的胡须,远眺河对岸的风光。此人就是王世贞,他从家乡太仓启程,进京就任太仆寺卿。借助大运河贯通南北之便利,江南士人入京赶考、做官,多由水路北上。王世贞自幼便有神童的名声,嘉靖年间中进士时,只有二十一岁。

如今年近半百的他，在大运河上往来已经有十几次。河边的城镇村庄，皆是旧日相识。他身后又走出一个年轻后生，双手端出一张小桌安置在船头，然后盘腿坐下，就着桌案开始执笔作画。王世贞回身来到桌边，抬手指点着对岸的村庄，年轻人点头，随即落笔疾走，先用两条墨线勾出了河岸的轮廓，再用大笔触的淡墨扫出地面，随后点染勾勒细节，一片绵延的屋顶填满了纸的一角，正是对岸的村庄，刚刚画完轮廓，村庄已经被船抛掷到身后。

随着小舟移动，两岸的风景频频送到画师眼前。按王世贞的构想，沿途画下的运河风光，足以汇为一册，甚至可以用于"卧游"——在卧榻上翻看，实现足不出户的游历。那时人们只知道他写诗文，编排戏剧，收藏书画，建造园林，同时还介入了艺术生产，和他同行的年轻人是吴门画家张复，后来沿途写景辑为一册《水程图》，为大运河留下了最早的写真图册。当艄公老去，舟楫毁弃之后，封印在纸上的回忆，也可一并打开。

二

在《水程图》近乎俯瞰的镜头里，河岸的断崖式边缘尤为显眼，用墨色皴染，标明了断崖的明暗向背，又加了赭黄色，模仿潮湿的黄土颜色。人工的运河撕裂大地，硬生生掘出通道，全然不似天然河流堤岸的圆滑。大地的裂痕占据着画面中心，陆地呈现出板块状的坚硬质地，和水的柔软形成巨大的反差。小船所在的空白河面，不见波浪形状，船底用笔锋擦出了不规则的斜面，这意味着船浸在水中，留白的趣味随处可见，东方式的含蓄蕴藉。只有到了淮河口的水流湍急之处，才用密集的波浪纹填充了画面。但见无边无际的大水之中，浪峰跳荡不止，一艘船在破浪前行，或许这正是王世贞乘坐的船。

一开始，王世贞请来的画家是钱榖，钱是文徵明的弟子，尤擅画山水。他在《水程图》的题跋中写道："维欲记其江城山市，村桥野店，舟车行旅，川涂险易，目前真境。工拙妍媸，则不暇记也。"可见钱对这套图册颇有些不太满意，甚至在题写时都有些勉为其难。至于其中的原因，王世贞在《钱叔宝纪行图》也有提到："去年（1574年）春二月，入领太仆，友人钱叔宝以绘事妙天下，为余图，自吾家小祇园起至广陵，得三十二帧。盖余笑叔宝如赵大年，不能作五百里观也。叔宝上足曰张复，附余舟而北，所至属图之，为五十帧以贻，叔宝稍于晴晦旦暮之间加色泽，或为理其映带轻重而已。"

在王世贞看来，钱榖躲在舒适区里，不能远至五百里以外做实景写生，只画了三十二幅，然后这次绘画任务便换成了钱榖的弟子张复来继续。张画了五十幅，后来又拿给钱榖加以润色，使笔墨风格略为相近，师徒二人前后接力，最终合成一册。沿途的重要码头都做了取景，城墙、桥梁、宝塔、船只、河闸、墩台等人造物大量出现，就连占据画面更大面积的运河河道，也同样是人工开掘的景观，传统山水画里的树木和山石反而退为点缀物，这显然突破了国画的程式化，迈入了实景写生的领域。这是前人未曾有过的图式，没有现成的可借鉴，因而画面构图略显笨拙，眼之所见采入画图，还要兼顾整体布局，属实不易，这恐怕也是钱榖不愿继续画下去的原因。

今日的大运河，两岸已是高楼林立，夜间霓虹闪烁如白昼，而《水程图》里的大运河，仍是属于古典时期的，它乱头粗服，甚至有一些莽撞和野性。断裂的河岸上，几棵古木立在荒滩。对于江南士子来说，运河上的行程并不轻松。王世贞写道："吾家太仓，去神都为水道三千七百里"，如此漫长的水路，要屈身在逼仄的空间里，将近两个月的船上生活，身体全然交付给河流，旅途充满了颠簸、潮湿和阴暗，衣衫沾染了霉味，心中不觉烦闷。由水路北上，虽不用举足跋涉，安卧舟中也满是困顿和苦辛。

三

到了地势险要之处，船也要爬坡。大运河的山东段，地势陡然而起，河流向上抬高，需要逆流而上。地势高拔之处，要用水闸蓄水，时人谓之"闸河"。待得水量充足时便放开闸门，船只逆流而上，要靠纤夫在岸边拖绳拉拽。顺流而下之时，也需要纤夫在船后挂绳拖拽，防止滚翻。《水程图》中有清江浦闸的情形，船正在通过船闸的狭窄通道，两岸的纤夫身形弯曲，弓着腰，脸几乎贴到地面，纤绳勒在肩上，另一端连着河中的船桅。有时一艘船要用纤夫上百人。而到了"夹冈"一页，两岸山势高峻，蚁阵般的纤夫在山岭的顶端，蛛网似的细绳从山上斜垂到河中，由于山势阻挡，纤夫们所拉之船都隐匿在深谷中，被山峰挡住，一时还未能出离深谷，只通过绷紧的纤绳，才知道绳子的另一端系着船。夹冈，位于镇江到丹阳的河段，系凿山而成的通道，从这通道中穿过，船上的人都要暗暗惊心。

闸内的水一放便空，需要再度蓄水，赶上旱季水量不足，蓄水尤为缓慢。《水程图》中的河闸随处可见，棱角分明的长方体拦水坝，嵌入了山水田园之中，多少有些突兀，这也是前代画家未曾触及过的人造景观。在蓄水期间，船只排队等待，其缓慢远甚于今日的公路堵车。晚明时期的李流芳就写到了过水闸时的情形，以及挥之不去的焦虑："十里置一闸，蓄水如蓄髓。一闸走一日，守闸如守鬼。下水顾其前，

上水还顾尾。帆樯委若弃，篙橹静如死。京路三千余，日行十余里。"河闸成为明清时代常见的诗歌意象，往来于运河上的士人反复咏唱河闸，将河闸视同人生的关隘。

较之陆路的驿站，河闸似乎更有着明确的阻隔之意，通过时需要漫长的等待，而开闸放水时，闸外形成激流漩涡，稍不留神便会沉溺其中。为了使运河保持水量，河工还设计了许多弯道，延长河水的驻留时间，却也增加了航程。河闸的拥堵，再加上弯道，行船的速度一再放缓，有急于赶路的行客耐不住性子，往往要弃舟登岸去走陆路。留在船上的人，已经接受了这种缓慢，在船舱中读书、作诗、写字画画，在安静的工作中驱遣焦虑，还有的饮酒博戏，在热闹的狂欢中消磨时光。

在漫长的等待之中，王世贞在船上指点风景，让画师张复作画。回到船舱中，等待过闸的时间，张复也得暇在草稿上点染皴擦。夜里泊船在码头，二人还在灯下商讨画法，察看图中的河闸方位。大运河沿岸的城镇成为主角，每个城镇单独成一页，而贯穿始终的，便是大运河的河道。

王世贞有心留下一部运河的图像史，并有着传于后世的野心。《水程图》可以是记游图，也是宦迹图，当然还有几分舆图的趣味，实景山水在某种意义上可以作为导览地图来观看。往来大运河的人何止万千，存了心思要为大运河留下图像的，却是寥寥无几。

大运河似乎远不及自然景观的秀丽，有的渡口位于荒村野店，甚至无景可写，比如茶城口一页，只有丁字形的河道，河面上空旷，没有船只，岸上只有八九间草屋，余外空无一物，行人到此，又是何等寂寥。而与之相对的，是苏州、淮安之类的繁华码头，画面骤然密集饱满，仅屋顶的排列就占了画面的近半，还有高大的城楼，桅杆密集如丛林，填满了河面上方的空间，足见人烟之稠密，繁华一望即知。

有时他们也会舍舟登岸，登上高处游览，大运河的水道尽在眼底，而河的两端却消失在地平线上的混沌之中。从半空俯瞰的视角，一直贯穿整部《水程图》，既有登高的亲见之景，也有在舟中平视之景基础上的重构，在水上行舟，也如同在空中飞行。

四

除了图册中可见的景致，还有更多的奇遇。在图画之外，有激流险滩的困厄，王世贞被困徐州时作诗云：

信宿维舟阻急湍，丛祠赛鼓问祈安。
风狂怪石低昂见，渚枉荒山向背看。
久仗束书成客计，还呼卮酒断愁端。
彭城咫尺君休拟，老惯人间行路难。

狂风，激流，还有时时出没的险滩怪石，内陆运河的航行居然也会像海上一般凶险，惯于行旅的王世贞也不由得发出了"行路难"的感慨。此处或为徐州附近的吕梁洪，《水程图》中有此一页，甚至还在河道中画出了十余块怪石，大运河的野性未驯，至此露出了狰狞的一面。

险阻之外，还要预防沿河打劫的盗贼。航船在白天行驶，夜间到人烟稠密的码头停泊，生怕有盗贼前来偷袭。遇到灾荒年，还有匪徒抢夺漕运粮米。有时过河闸排队太久，过闸时已经黑天，听到远处传来打斗呼喝的声响，船舱里的人都不敢作声了。明代嘉靖年间，有成群盗贼在济宁等地沿运河劫掠官民船只，"盗贼百数为群，白日行劫官商船，经过如履虎尾"。经过此地的船只，就像踩在老虎的尾巴上行走，足见惊心动魄。

当然也有惬意的时刻。在王世贞另一次北上山西的途中，有一段水路也是走运河。他仍是从苏州登船，船到镇江时，大运河与长江相交，便顺路游览江中的两个小岛：金山和焦山。后来在《水程图》中，王世贞嘱画家为金山和焦山专绘一页，金山是一座高岛，民间传说中的白蛇和法海斗法，"水漫金山"即是此处。焦山在不远处，是一长条的鞍形岛，大片的留白即是长江水，金焦二山漂浮在水上，四下里船只往来如飞。

王世贞也没有想到，金山之游，会遇到神奇动物，这为水上的旅程增添了几分梦幻色彩。他在《适晋纪行》中写道：

扬帆抵金山，顷刻而度，候所携酒未至，振步江天阁，登妙高台，长啸四望，令人有狭宇宙、凌天表意。酒至改席一小阁，剧饮欢甚，寻呼巨鼋出食之，鼋体兼数席，色纯绿，如玉可鉴。

一行人在岛上饮酒，江山形胜助长了酒兴，自然是酣畅，一只巨大的绿色老鼋，身子有几张席子那样大。在众人酒宴正酣之际，老鼋闻香而至，于是人们从席间取来食物投喂老鼋。鼋的背壳像碧玉一般，能照出人影。人和动物的猝然相遇，又是在水边豪饮之际，堪称奇遇。从描述来看，这里所谓的鼋，应是当下濒临灭绝的斑鳖，是世界上最大的淡水龟。那时候，它还是水中的霸主，民间俗呼之为"癞头鼋"。水路上有这样一段奇遇，历久难忘。王世贞后来翻看《水程图》时，想必会念及这位身在江湖之远的老友，或许它正在画面上横无际涯的大水之下潜行。

五

明代政府在济宁城北的南旺建造水坝，拦住汶河蓄水。所得之水注入运河，分别流向南北两个方向，为运河补充了水量，这一创举在《水程图》上表现为丁字形的水道，其中三股不同方向的水流，仿佛受到了神明的驱遣。南旺有一座分水龙王庙，在当地的民间纸马中，这位河神是巨目虬髯、冠带袍服的形象。他骑着一条白龙，游弋在丁字形水道的滚滚波涛之上。时至今日，船户的家里还贴了分水龙王的纸马，旁边还有一个小香炉，插着三根香，闪亮的香头释放出三缕烟雾，龙王的凶恶面孔在烟雾缭绕中变得模糊不清。这些船户在寻求龙王的庇护，以保佑船只安全渡过河闸。分水龙王有一座庙宇，斜对着丁字形的分水口，在《水程图》中可以看到这座庙宇的方盒嵌套式结构，庙门前高立着牌楼，我们从画面里只能看到庙的后墙，还有院落里的层层殿堂，成片的垂柳扎根在河两岸，缓解着旅途的单调。

在各道河闸旁，还有许多像分水龙王这样的闸神。此外，大运河沿岸的神庙还有很多，为了漕运安全，海神妈祖也被借调到了运河，成为漕运的保护神，时人又称之为天妃，运河两岸的天妃庙也便星罗棋布。还有黄河金龙四大王，他的原形是一条金色的小蛇，因大运河与黄河相交汇，金龙四大王的信仰也进入了运河。明初负责治理运河的水利官员宋礼、陈瑄等人，也被人们追认为水神。在人们心中，大运河沿途的神明日夜劳作，他们恪尽职守，维系着航路的日常运转。

把航线的安危托付给神明，恰恰是因为一路安危难料。在王世贞的空间里，运河象征着命运的轨迹，此次进京赴任，"帝乡明日到，犹自梦渔樵"，还未出发时，便已萌生出退意。在大运河上，不论出行和归来，都是矛盾重重的人生选择。

六

在一路桨声中抵达京郊，画册也到了最后一页"通州"。当王世贞返乡之时，由这最后一页往前翻看，便是回程的路线。花木浓荫中的小祇园，是王世贞倾心打造的一处园林，俨然世外桃源，占据着画册的首页。

小祇园是北上出仕的起点，当然也是最后归隐的终点。在离开和归来之间，主人的不在场，给园林留下了大片的空白，以致亭台空寂。

江南多雨的季节，夜里的大雨浇灌园林，草木疯长。这处精神栖所，却在王世贞死后不久，就被切割分售，成为寻常百姓的居所，后来破败荒废，不见了踪迹。精神家园难以在现实中永固，只有在《水程图》里，才能见到这座消逝的园林。

作者简介 / 盛文强

1984年生于青岛。作品见于《人民文学》《十月》《天涯》《花城》《大家》《散文》等。著有《渔具列传》《海怪简史》《海盗奇谭》《海神的肖像》《半岛手记》等。

跟着运河走人生

叶炜

几年前,我应邀参加长三角文学发展联盟大运河文化主题创作实践活动,和来自江浙沪皖四省的作家一起沿着京杭大运河江浙段走了一圈。彼时正是炎热的暑期,头顶七月骄阳,脚踏丰饶大地,伴着运河上慢吞吞驶过的货船突突突的马达声,我们一行三十余人沿着运河从北走到南,横跨了徐州、宿迁、淮安、扬州、镇江、苏州,最终抵达京杭大运河最南端杭州。巧合的是,这次运河行走,恰逢我从徐州调到杭州工作一周年,等于是再次从参加工作的起点,重走一遍人生新的起跑线。加上我从小就生活在枣庄,那里的微山湖和台儿庄都是运河的关键节点。再联系到我从枣庄考入位于济宁的曲阜师范大学读书,对于曾经的运河明珠济宁这座城市又有过亲近的机会。如若把大学所在地济宁、出生成长地枣庄、二十年之久的工作地徐州和最新的工作地杭州连成一线,不正好是大运河的轨迹吗?说起来,我其实不过是一直在跟着运河行走人生,从懵懂无知的童年到为赋新词强说愁的少年,从苦读奋发的青年到今天人近中年,所走过的路仿佛都没有离开过运河。

水润童年：微山湖畔小龙河

20世纪70年代末，我出生在一个离微山湖不过三十里地的小村庄。村庄后面有一条河岸宽阔的大河，名曰小龙河，这条河从"沧浪之水清兮，可以濯吾缨；沧浪之水浊兮，可以濯吾足"的沧浪渊发源之后，最终汇入的就是微山湖。微山湖自古以来就是大运河的一部分，南北狭长126公里、总面积1 000多平方公里的微山湖，处处可见大运河的踪迹。资料显示，早在元代初年开挖济州河时，济宁以南借泗水作为运河河道，元代至元二十六年又开挖了会通河，京杭运河自北京起，经过微山湖直达杭州，微山湖湖区运河恰在大运河中间地段，具有举足轻重的作用。

微山湖区具有得天独厚的水运条件，许多古河道、新河道流经和汇入这里，周边的入湖河道达53条之多。而家乡的小龙河，不过是其中微不足道的一条。

从小就喝着连通湖上运河的水长大的我，最欢喜的事情就是与水打交道。小时候，小龙河是我和小伙伴们最常去的玩耍地。一年四季，这里都有我们的宝藏秘笈。

春天，河面解冻，我们一大早便把成群结队的鸭子赶向小龙河。那些鸭子仿佛和我们有着同样的顽劣，兴高采烈、摇头摆尾地一路小跑着奔向它们的极乐之地。鸭子们扑通扑通跳入水中，我们则去岸边折那刚冒出新芽的垂杨柳，一大把一大把地带回家编织成花环。每次都要留下其中最粗壮的一根柳条，用拇指和食指捏住，转着圈儿搓几轮，使之变软，然后用嘴叼住柳条芯，轻轻拽出中间的柳枝，剩下的就是一个柳树皮空壳了。把柳树皮边缘用牙齿咬齐，去除最外面的一层薄皮，一支柳哨就做好了。吹着这支柳哨，我们开始呼朋引伴，仿佛对暗号一般，开始了一天的自由快乐时光。

夏天就更不用说了，我们恨不得一整天都泡在小龙河里，游泳、嬉闹、捉鱼，从这边横渡到那边，到对岸的姜村去捣乱，故意惹怒那些在岸边洗衣的女人们，再呼啸着潜入水中，一个猛子扎到河面中央。气得那些愤怒的女人们干跺脚，却没有什么办法。

秋天鱼肥螃蟹多，小龙河沿岸到处都是被我们这些小孩子挖出来的坑洞，什么鲶鱼啦，泥鳅啦，当然更多的还是螃蟹，一个个被我们抄了个底朝天，一个不落地遭受着灭门之灾。那时候小龙河里的鱼像是怎么捉也捉不完，螃蟹挖了一茬又一茬，吃得我们满嘴流油，总也吃不够。

冬天嘛，小龙河水变少，逢上大旱年月甚或干枯，这时的小龙河简直就是"小三峡"，一道"大坝"接着一道"大坝"，连绵不断，那可都是我们小孩子布下的"天罗地网"，为的就是"涸泽而渔"！我们从最低的那道"大坝"开始，把水用洗脸盆一点一点潲干，眼看着水一点一点减少，那些鲫鱼啦、鲢鱼啦、鲶鱼啦、大虾啦，都开始浮出水面，暴露在我们眼皮子底下。待水潲得差不多了，我们就一脸盆一脸盆地往岸边端鱼。那些鱼儿可真是喜人！黄澄澄，金灿灿，每一道"河坝"都有捉不完的鱼。尽管我们采取的是满门抄斩、斩草除根的"焦土政策"，可奇怪的是，第二年大水一上来，小龙河里的鱼儿又是数不胜数！

就这样，我不知不觉在小龙河边度过了快乐的童年时代，等到真正亲近运河上的微山湖时，已经是少年时期了。

水照少年：一条"大"河偏曰"微"

关于微山湖，最先听闻的是父亲跟着爷爷在微山湖边当鱼贩子的故事。父亲说小时候经常半夜就被叫起来，用爷爷特意给他改造过的小扁担挑上两个鱼筐，跟着爷爷去微山湖贩鱼。从家里走到微山湖，要翻越一座凤凰山，那里有一片黑松林，里面布满了黑漆漆的坟头。和爷爷一起还好，父亲还不是那么害怕。但偶尔爷爷也会让他一个人去微山湖挑鱼，父亲走过这片黑松林时就特别害怕。但走得多了，即便是月黑风高夜，他也能坦然而过了。半夜从微山湖挑回来两筐子鱼，回到镇子上的鱼市时，天刚好亮起来。微山湖特有的四孔鲤鱼味道十分鲜美，贩鱼的生意因此也越做越大。照着这个规模发展下去，父亲觉得我们家肯定能发一笔大财。但不幸的是，爷爷那时候喜欢打牌赌钱，一打就是大半天，把好不容易辛辛苦苦挣来的钱都赔了个精光。好在父亲那时候胆子比较大，时不时悄悄把赚来的钱偷藏起来一些。估计他自己都想不到，就是靠着这些偷来的零花钱，后来竟然盖了三间大草房。

上小学的时候，我本家的一个姐姐嫁到了微山湖边的一个小村子。她出嫁那天，族长安排我跟着去"押车"。"押车"是鲁南嫁娶的一个风俗，女儿出嫁，得让一个本家弟弟跟着，我猜那意思无非是要给婆家人看看，我们家族这边是后继有人的，不要老想着欺负本家姐姐。我记得那天下大雨，微山湖发大水，婚车开到村口就开不动了。新郎背完新娘子，就接着来背我，那意思仿佛也是为了表明对于婆家人的尊重。

在微山湖边上生活，好处是水草丰美、美景无限，万亩良田从不

缺少灌溉的水源。坏处当然也是有的，就是水随天去，湖水下去以后，湖地露出，往往会成为众人争抢的对象。有时候人们为了争那天赐的湖田，不惜拼了老命也要打一架。因此这个地方的民风尤为彪悍，这才有了那形形色色的革命英雄故事。而其中最出名的就是微湖大队，微湖大队也叫铁道大队。这些故事有的和刘知侠所著《铁道游击队》有所重合，不过村里人的版本更多，也更为真实。比如刘洪实有其人，但其实是两个人，一个姓刘，一个姓洪，两人原来都生活在这个村子里，从小就是很好的小伙伴，后来一起到枣庄中兴煤矿当矿工，再一起起来闹革命，到津浦线上劫火车，练就了一身飞身扒火车的本领，成为飞虎大队的队长和政委，两个人最后被刘知侠定格为了铁道上的侠义好汉刘洪。我写"乡土中国三部曲"之《福地》和"红色鲁南三部曲"第一部《东进》时，也把这些微山湖上的英雄写了进去。被我写到小说里的，除了微山湖，还有运河古城台儿庄。

台儿庄在枣庄的最南端，和江苏北部城市徐州接壤。我在少年时期到台儿庄的机会并不多。只知道这里是大运河的一个重要码头，在运河鼎盛时期，这里一度繁华富庶，成为来往运河的达官贵人和底层人物的歇脚地，茶馆酒肆等也应运而生，让这里有了红尘烟火气，成了各色人等轮番登场的热闹好去处。我们说水润一座城，大运河在台儿庄拐了一个弯，让古城台儿庄成为往来运河上的人歇脚的最好地方。后来运河退去，这里的水道变窄，终于"风流总被雨打风吹去"，此地唯余古城楼。但历史总是会惊人地轮回，大概二十年前，主任枣庄的一方大员，大手笔地在这里搞了个"复古"的"新城"——号称"天下第一庄"的台儿庄古城。借助于台儿庄国共合作抗战的历史大背景，一城连"两岸"，沟通大陆和宝岛台湾，俨然将运河时期台儿庄的繁盛景观重现。现在，这里居然也成为一方旅游胜地，来往游客络绎不绝，成为枣庄当地经济发展的一个强劲引擎。

水映青年：运河水闸回家路

在枣庄读完中学之后，我考入了在济宁办学的曲阜师范大学，在这里度过了四年大学青春时光。济宁是运河的一个集散重地，码头众多。但说实话，我去过的码头很少。一个原因是大学所在地曲阜离济宁还有一段距离，去一趟也不容易；更主要的原因则是那时候的济宁运河段的运营几乎没了往日的繁盛与热闹。但据说那里仍然有不少在湖上生活的人家，还有很多水上村落。我曾经看到过一个完全由船只组成的自然村，所有人家都生活在水上，船上家家户户都通了电，有小卖部，也有卫生所，生活设施一应俱全。这个运河上的村落人人生活自得，吃在水上、喝在水上、出生在水上,也终老在水上。我没有见过水上的葬礼是什么样子,但我可以想象,那一定是不同于陆地上的一道凄婉之风景。

据在水上村落生活过的同学说,在运河水上生活的人几乎都喜欢饮酒,且酒量很大,以此祛除身上的湿气,因此性格也极为豪爽。巧的是,我所在的曲阜师范大学一墙之隔就是孔府家酒厂,每天傍晚,在学校操场散步的时候,那浓郁的酒香就飘荡于整个校园。我们那时候都开玩笑说,大学读完了,酒量应该也上去了罢。不说喝酒,熏也熏得差不多了!生活在运河边上的同学,确实不乏好酒量,然而他们对此说法却并不以为然。他们说自己的酒量就像运河水,从北流到南,从南流到北,那酒量都是打小就被走南闯北的家里人逼出来的,靠熏就能熏出好酒量?那怎么可能呢!

关于酒量大小和在运河生活之关系,我至今也没弄明白。反正在曲阜师范大学待了四年,被曾经的央视新闻联播"标王"孔府家酒厂熏了四年,酒量依然是没有渐长,反而是每况愈下。直到大学毕业,来到运河航道上的另一座节点城市徐州工作,我的"不胜酒力"之"美誉"终于达至顶峰。

我在徐州工作了二十年,在这里度过了最珍贵的青年时代。这里的运河景观丝毫不逊于枣庄,堪比台儿庄古城的窑湾古镇至今仍可见当年的繁华一片。大运河成功申遗之后,徐州窑湾古镇再次得到深度开发,依照当年的样貌,修旧如旧,逼真呈现了一座古色古香的运河古镇。和台儿庄古城不同,这里的建筑多半都是当年的老房子,尤其是一些参天的古树,作为窑湾当年繁华的见证者,依然挺立在运河边上,令人莫名地感叹岁月无情,饱经沧桑。给我留下深刻印象的当然不止这些。最让我感到难能可贵的,是在这些老房子里依然住着很多老人。这是一座活态的古镇,烟火气息浓郁的古镇。当然,窑湾既然是作为运河边上的名镇古迹,难免会有着浓郁的商业铜臭气,许多住户都在从事着各种小生意。这些小生意多半还保留着当年古镇的气息,比如窑湾风味小吃、小酒馆老磨坊、旧行当皮影戏……让人眼花缭乱之余顿生今夕何夕之感。

说起来有些好笑,从童年和少年时期到青年时代,从枣庄到济宁再到徐州,竟然没走出大运河的湖光山色——连绵不断的微山湖,一条贯穿了徐州和枣庄以及济宁三个地级市的大河。这条明明是宽阔绵长而历史悠久的运河大航道,偏偏起了个特低调特谦虚的名字,曰"微"还"湖"!它至少应该是一条江的体量和规模啊!

据史料记载,自明代以来,大运河的开挖与贯通赋予了微山湖新的历史使命。湖上运河的开通,是大运河历史上一个新的里程碑。湖上运河从韩庄入口到济宁,纵横交错的运河上光大大小小的运河闸就有78座之多,因功能、作用不同,名称也有所不同,如节制闸、积水闸、减水闸等。如今,这些恰似大运河上闪闪发光的珍珠的河闸绝大部分都消失了,少数留下来的也大多失去了作用。

在徐州工作初期,韩庄水闸大坝是我从徐州回老家的必经之地。与其他水闸不同,韩庄水闸仍旧发挥着非常重要的作用,仍旧是运河上的一座重要的调节枢纽。每次从韩庄大坝上开车而过,总是要忍不住要多看几眼。每当看到那烟波浩渺的水面,我就知道离家不远了。这座水闸和大坝带给我的记忆远不止这些。我记得一开始经过这里的时候,大坝上还有一个收费站,每次都要收取过桥费五元,这个费用虽然不算高,但总觉得不那么舒心:过个桥嘛,还收费?这样的话,和走高速的花费没差多少嘛!还记得我结婚时,婚车经过这个收费站,意外得到了放行。后来没多久,这个收费站就拆除了,从此车辆自由出入,回家时也就越发顺心。

我出生的地方叫山亭,虽说离运河不远,但从这个名字就可以看出,这里肯定大山环绕。有一段时间,我开车时老是喜欢循环播放《父亲》这首歌,因为里面有一句歌词给我触动很深,那词曰:"忘不了粗茶淡饭将我养大,忘不了一声长叹半壶老酒;等我长大后,山里孩子往外走……"我其实就是那个山里的孩子,一直在努力地想走出那个小山村。从枣庄走到济宁,又从济宁走到徐州,最后来到杭州。如今蓦然回首,发现自己一直走在大运河这条"水路"上,可谓是一直"顺着运河往外走"。

水墨中年:浙东运河又出发

2019年下半年,我从在徐州办学的江苏师范大学调到了在杭州和桐乡两地办学的浙江传媒学院。像是冥冥之中自有注定一样,和枣庄、济宁和徐州一样,杭州和桐乡也都是大运河的重要节点,这里是大运河重要的组成部分。

杭州的大运河博物馆是运河文明的集大成之地。如果没有时间走运河,完全可以到这里来看看。在这里,真的是一眼看千年,千年运河在这里得以全貌呈现。现在,扬州也有了一座运河博物馆,在2020年长三角文学联盟一起采风大运河的时候,扬州运河博物馆还是雏形初现,但已经可以大致领略其设计的现代感和科技感,同时也还保持着扬州这座运河古城的传统风貌和古典韵味。与扬州不同,杭州的运河博物馆因为修建时间较早,所保存的运河原始资料很多,同时因为处于沿海发达省份,其声光电的现代设计感也很强。我感觉如果要看从前的运河文明,那就到杭州来;如若对近现代运河有兴趣,则不妨到扬州走走。

大运河杭州拱墅段,串联起杭州最繁华的区域,是杭州历史底蕴最深厚、文化遗产最丰富、文旅价值最优越的运河明珠,有着"十里银湖墅"的经典繁华与时尚魅力。如今,运河水依然在穿城而过,水上仍能见出一如当年的车水马龙和船来船往。来杭州旅游的人除了要看看西湖,多半还要去看一眼这里的拱宸桥。拱宸桥始建于明崇祯四年(1631年),清光绪十一年(1885年)重建,中间几经兴废。该桥是京杭大运河到杭州的终点标志。全长92米,桥身用条石错缝砌筑,上贯穿长锁石,桥面呈柔和弧形,为三孔薄墩石拱桥,纵联分节并列砌筑。桥形巍峨高大,气魄雄伟,是杭州城区最大的一座石拱桥,同时也是拱宸桥地区的标志性建筑物。

历经百年风雨的侵蚀,拱宸桥依然坚固。虽然砌体表面风化严重,桥面石阶和石栏板也有局部破损,但东西横跨大运河的雄姿依然。拱宸桥这个名字也大有讲究。相传在古代,"宸"是指帝王住的地方,"拱"即拱手,两手相合表示敬意。每当帝王南巡,这座高高的拱形石桥,象征对帝王的相迎和敬意,拱宸桥之名由此而来。我曾经看到一篇文章,说拱宸桥对于杭州的意义很不一般。很久以前,返乡的杭州人在看到这座古桥后,总会不由自主地坦然和兴奋起来。这座桥,便是古运河杭州终点的标志了。远走他乡的游子见到故乡熟悉的小桥迎面而来时,总是会生出许多的欣慰和感慨。这欣慰和感慨大概类同于我当年从徐州回枣庄过韩庄水闸大坝时的感受。这里面有近乡情怯,更有相思之苦。如今,拱宸古桥在几经修整后依然是行人来来往往。走上高陡的桥面,望运河长去,拱宸桥就如同一个维系点,它将整条腾龙系于杭州这片土地,里面是家、是根,外面则是一片供人闯荡的世界。

因为学校两地办学,除了杭州,我时常要到桐乡校区去上课。来得多了,便对桐乡这座小城有了更切身的了解。一开始开车去桐乡,我还要开导航。现在来得越来越多,完全可以不用导航就能摸清这里的每一条道路。我因此笑称,自己已经是一个道地的桐乡人了。

熟悉了这座小城之后,我慢慢知道了人们常称的运河东线,就是指的大运河桐乡段。它又被称为杭州塘、杭申甲线、杭申线(嘉兴—石门—崇福—大麻)的河道,全长41.77公里,占江南运河的十分之一、浙江段运河的三分之一。这样说来,桐乡是浙江段运河流经最长的县域。正因为有了大运河的润泽,这里不但有闻名遐迩的文学大家茅盾的故乡乌镇,还有大运河流经的濮院、石门和崇福等,它们并称为四大千年古镇。时代巨轮向前,现在的乌镇和濮院等地已经不仅是经典江南景点,还成为在世界互联网和时尚等领域不可忽视的标志性小镇。如果说乌镇"最未来",那么濮院就是"最时尚",石门可谓"最吴越",崇福则是"最宋韵"。

就在两天前,桐乡大运河国家公园建设项目团队到学校来调研,提出要依托浙江传媒学院桐乡校区的办学资源,在和校园一墙之隔的运河边上建设未来田园大学的规划和设想。我当时就被这个"未来田园大学"的提法惊呆了。如果真的可以在运河边上建成这样一所把传媒艺术教育和田园生产融为一体的"大学"的话,那不啻是一场乡村振兴背景下的高等教育的大变革!

历史上,浙江段运河数次重大改道变迁,都在桐乡境内发生并留下痕迹,彰显出大运河桐乡段的重要价值。今天,桐乡在大运河边上将进行的这场高等教育改革,也必将为大运河在新时代的大发展写下最浓墨重彩的一笔!

我也相信,跟着运河走人生,一定越走越精彩!

作者简介 / 叶炜

浙江传媒学院文学院教授,浙江网络文学院执行院长。著有"乡土中国三部曲"等长篇小说14部,另有其他著作8部。获第三届茅盾文学新人奖。

在花巷

杜怀超

我是在多年后抵达花巷的,准确地说抵达居于河下镇花巷里的姐姐家。河下镇紧挨着运河。如果说运河是一根古老藤蔓的话,那么河下则是她藤上结出的一枚果实。

之前我跟父亲一直居于洪泽湖西岸,说起来也算是在运河边上。里运河的水,不外乎黄河、淮河之水,而洪泽湖则是它们的蓄水湖。里运河水位低时,就得靠洪泽湖补水,水位高时,多余的水则流入洪泽湖内。从某种程度上说,靠近了洪泽湖,就是靠近了运河,洪泽湖的水,也就是运河的水,我们已经触摸到了运河的边沿。所以运河的水声、光影以及远去的帆樯,倒映在涌动的水波里,只要我和父亲靠近洪泽湖,俯下身子,就能看到运河帆樯林立、南船北马的热闹与繁华,虽然无法走进历史里九省通衢的清江浦,身边漫漶的运河桨声、人语却始终没有消停过。

父亲是个老艄公,少年之际就在湖边独当一面,摆渡、捕鱼。大江大河自然是去不了,小河小涧则必然有父亲的身影。那时候我们的身份，应该定位为渔民，以湖为生。因为曾经湖里的鱼比地里的庄稼多，人只要站在洪泽湖大堤上，稍等片刻，就会有鱼从湖面上一个甩尾，腾空一跃，落在河堤上，把人吓一跳，转而让人乐不可支。父亲一早起来，第一件事就是背上鱼篓、拎着撒网朝洪泽湖大堤走去。我和姐姐还没从睡梦中醒来，父亲早就把装满鲫鱼、昂刺、鳊鱼等的篓带回了家。母亲坐在屋檐下，抬眼看着父亲在晨光里晾晒渔网，手也不闲着，案板上早已杀好了一堆鱼。母亲举着笼子大小的鲫鱼，朝父亲嗔怪道，你看把鱼子鱼孙都逮回来了。父亲有点脸红，讪讪道，渔网洞眼我已经织得很大了，也不知道那些小鱼小虾怎么还会钻进来。作为渔民，逮小鱼小虾，是一种行业的禁忌和耻辱，这也是所有渔民恪守的约定。作为渔民的妻子，自然晓得小鱼放生的道理。

这是运河在借洪泽湖展示她温情一面吧。童年时我曾多次目睹过水患的疯狂。那时候我们住在湖边，房子叫茅草房，也叫庵棚，是由泥坯、湖里的芦苇、岸上的树木混合而成。这种房子不大坚固，风吹雨打，四处漏风漏雨，支撑起屋子使它不至于轰然倒塌的，是四根屹立在地上的木柱，还有父亲宁折不弯的脊梁。大水淹过来时，好在父亲还有一条木船，不大，但能容得下一家几口立脚。父亲坐在船头面前横着桨橹，不说话，手里燃着烟，烟雾袅袅，随着火星明明灭灭，成为夜晚渺小的灯塔。而我，则席衣躺在船头的甲板上，望着天上稀疏的星星数数。

我在花巷虚度过一段时间。那时候花巷58号已经空了。上一批房客才走不久，下一批租客还没到。正好这个档期里，姐姐就把房子留给我暂住。那是当年姐姐的婚房，其时姐姐一家早已搬迁别处。房子是简陋的，接地气得很。墙壁四围是石块堆砌的，厚而粗糙，从外面看,大大小小的石块,就像大大小小的补丁。屋脊不高,灰色的瓦片铺在上面,与地上的条石似乎连成一片,给人以矮塌塌的感觉。院门不远处还有一口四季不干的水井,早晨或黄昏,井沿边总是挤满了人,淘米的、洗衣的、打水的、杀鱼的,还有的人啥事也没有,只好从家里抓一把花生,边吃边与人闲谈。井是古井,水是活水,因为这口井顺着石板路下去,在若干条石铺垫的尽头,就是浩浩荡荡的运河。横穿整个镇子烟火的河流,就像有人拿一块丝绸披在它的肩头,妖娆而多情。

我喜欢这个花巷,包括门楣上那个铭牌:花巷58号。当初姐姐出嫁,从洪泽湖大堤搬迁到这里,一定也是被这幢诗意而斑驳的房

子所吸引。石头堆砌的房子，很稳，再大的风雨也无法撼动它，就像憨厚的姐夫，姐姐找到了属于她的港湾。房子唯一显眼的是木格窗子，立体木质窗花雕有两只喜鹊，在三两笔暗红和水墨的濡染下，房子显得古朴而又幽深，仿佛古装剧的镜头瞬间浮现出来，心底涌上来的美好与诗意，一下子触动姐姐内心深处的柔软。嗯，就是它了。姐姐指的是她的婚房。更重要的是，姐姐在转身的一刹那，和我一样，站在院门口，一眼就望到了那条玉带般的运河，温顺而妩媚的河流。

我们都是在湖边长大的人，也可以说都是在运河边长大的人。洪泽湖或河下，其实都不过是运河在漫长旅途里留下的一个个光斑，我们都是活在那个光亮里的人。不只是我和姐姐，还有父亲、母亲以及岸上的所有人家。院门敞开，就是运河。即使我们不是诗人海子说的那样"面朝大海"，也一样"春暖花开"。院子里是炊烟、生活，院外面则是迤逦的运河、远方和无穷的人们。

姐姐把自己的一生笃定在这座院子里，自然有她的道理。从漂泊到落地，这已经是里程碑式的改变了。纵然我们一次次在惊慌失措、惊恐焦虑中度过，却从没失掉信心，失掉活下去的力量，相信那个浑身上下晒得黝黑的父亲，相信那双紧握船桨磨出厚厚老茧的大手，还有在风浪中颠簸总能平安归来的渔船，这些使得我和姐姐在以后面对生活的大风大浪时，总能坦然面对，充满憧憬。这也是姐姐对自己婚房——三间石屋给出的肯定回答，况且在她的身旁，还有条熟悉而又陌生的运河。

居于河下的姐姐，和镇里的人一样，踩着琵琶般的条石，沿着河流一样的街巷，一脚一脚地把日子交出去。

后来我在花巷住了半年之久。姐姐一家搬至另外的住处,从石屋搬进宽敞明亮的独栋楼房,留下空寂的房子和静寂的运河。当然,这也与姐姐、姐夫他们的能干有关。那时姐夫已经从运河边一家水泥制品厂买断出来,把水凝固成水泥的日子,倒不如随着河流一道去远方。想必姐夫也从运河的光影里看破了秘密,一个华丽转身,像一朵自由的浪花融入滚滚波涛里,再上岸时,已经拥有了三两套二层小楼和一套商品房。

那段时光里,我时常一个人从院子里出来,走过那口古井,穿过巷道如林的目光以及身后的窃窃私语,就像有一道隐秘的河流,如影随形。我顾不上理会,直奔院门外运河而去。我喜欢河流的包容、接纳、静默,似乎它懂我的心思,它把我的倒影投在波澜里,不出声,不插话,也不干涉我的散漫。它只管自顾自地,沿着河床向着远方而去。其时我正处于人生一个关口的艰难抉择时刻,北上还是南下?或者原地不动。原地不动,固然可以糊口,抱着小日子百无聊赖地过下去,又不甘心;而北上或南下,就得扔掉来之不易的铁饭碗。前后空茫,这是多么令人惆怅的时刻。久居樊笼,难免会失去打破栅栏的勇气,进而还会产生依赖。每天早晨,我斜背着包,双手插在裤兜里,然后目不斜视地,在众人陌生的目光里逃离。一个人坐在河沿上,望着远远近近的拖船发呆。午后,一个人再悄悄地回来,关上门窗,躺在床上对着屋顶睁大眼睛,黑洞洞的屋顶,像黑暗中的河流,有着同样深不可测的神秘和浩渺。

花巷的生活,严格说来是从午后开始的。在我落寞、苦闷以及无人可解的时候,陪伴我的,只有花巷,还有古井、运河以及花巷里的人们。夜深人静时分,我躺在石屋里,静听着从门缝里传递过来的一切，诸如星光、风声、雨声以及三两声梦呓，还有门旁的井水声。偶有水滴从井壁上饱满之后滴落，像一粒重金属，砸向夜晚的静谧，从井底发出一声清脆的琴声。而我，把这琴声当作是一粒音符，沿着井底潜行，不出一二里，就到了运河。河水在星光洒满水面的午夜翻腾，载着许多不为人知的密语。我常把这条人工的河流，当作一把大地的琴弦。沿途的村庄、城镇以及人间烟火，只不过是它那部大地奏鸣曲中的某个篇章或音符。我不由地对着花巷、河下以及所有居于运河边的人们感喟，一座院落、一座古镇，能终日面对着大河的汹涌、浩荡和辽阔，那么这里必将成为辽阔的一部分。而这个辽阔之地的出入口，就是那座古井。

是的，古井的午后，就是花巷的午后、河下的午后。古井一声喧哗，随着一桶水从井底打上来，午后的册页就散落开了。三三两两的人打开大门，从院子里走出来，向着古井聚拢来。童叟、壮年男子、中年妇女都有。话题也是无逻辑的，天南海北东扯西拉，一会是张家的女儿生了个娃，西家的男子找了个跛脚老婆，据说是船上的，过了几个月随着拖船队走了。谈得最多的话题，还是自家的娃，她们相互说着自己的娃外出工作的、打工的、经商的各种状况如何，好久没有回河下了。说着说着老人还会情不自禁地揩揩眼角，似乎有液体流出。

哭了？有人就会挑破真相。

没呢。老人说，是刚才的井水溅到眼里。

有趣的是，这样的龙门阵，总是让人不胜留恋。强大的磁场把周边小商小贩吸引过来。隔壁不远处卖茶馓的老板，趁着食客还没涌来，丢下擀面杖，走过来加入神吹胡侃的大部队里，他坐在角落里，从怀里摸出一杆水烟袋，自顾自地抽起来，悠闲的样子令人沉醉。而毗邻的卖大鼓书的,则踱着官步,大摇大摆地前来,嘴里小声哼唱着拉魂腔,旁若无人般。终日坐在门内的纸坊老板,姓李,看上去中年模样,也忍不住周边的热闹,从坊间出来,为了不耽误手上的活计,顺势把家伙也拿到了井旁,一边扎着红灯笼,一边见缝插针地说上几句。他的灯笼,给古井的气场增添了不少喜气和吉祥。这也难怪,他的灯笼不仅技艺精湛,而且品种特别多,什么仙鹤灯、孙猴子灯、鲤鱼灯、八仙过海灯、麒麟送子灯、走马灯,等等,要不是地方促狭,不明真相的人还以为古井这儿正举行灯会呢。

他家的灯笼我曾买过两个,挂在姐姐家的屋檐下,红红的,时间久了,就像两个布纽扣,嵌在石墙里。我最爱的还是河灯,赶上节气、新年,或者日常里无厘头地买上几只,一个人夜晚拿到运河边,点燃河灯,看着它在河流中渐渐走远、消失……

结束了在花巷的短暂居住后,我再也没有回到洪泽湖大堤旁的那座村子,而是掉头北上,从运河石码头一路向北,直抵京城。花巷,应该就是后来作家徐则臣小说里的那个花街,他在《花街九故事》中写道:生在花街、长在花街、人在花街,心在花街,这里出走的人、留下的人,他们的足迹都是花街的故事。的确,花巷的故事就像运河的水一样汹涌,巷口不远处就是吴承恩故居,《西游记》这本奇书就是出自他的笔下。如果稍加留意,大街小巷里,你会看到西游文化已深嵌其中,石柱、雕塑以及其他建筑,总是要带有美猴王的影子。再往前走,还会看到镇淮楼、中国漕运博物馆等历史文化建筑,以及周边的梁红玉祠、里运河生态文化长廊;这些运河滋养的景致,都成为历史留下的花束,烙印着昔日淮安的水运发达以及城市的繁荣。我曾站在镇淮楼下,凝视这傲然的建筑,被它磅礴、浑厚的气势所折服,也深深体会到这座城市，如何从大水汪洋到淮水安澜的历史过往，从中国漕运博物馆、运河历史博物馆里，看到了种种木船、帆船以及远洋船在这里停留，从这里出发，沿着运河走向四方。我以为，这里留下的不单单是故事、历史、文化，还有一种类似血脉的东西，生长在芸芸众生里。

即使远离运河、远离花巷，花巷的故事仍在继续，我不断地听到故乡、花巷的人与事。当年岸边的小伙伴虎子、宝珠、六子还有小芳等人，也都相继离开故乡，进城定居在花巷附近，有的开饭店自己做老板，有的在厂矿企业上班拥有一份稳定的工作，还有的努力学习大学毕业后考进政府机关。当然还有更多的人从岸上走来，他们围着花巷，围着运河打起零工，搬砖、扛沙、蹬三轮、跑外卖，在城市丛林里辛苦而又踏实地生活着。

我常常想，这是什么原因呢？是人的天性，还是我们骨子里涌动着运河血液，注定漂泊、追逐和远行。每一个生活在运河边的人，生命的纹理里早就烙下运河滚滚的浪花、帆樯和号子。逆流而上或顺河而下。这已经成为我或者他者的一种生活方式，四处辗转、漂流、暂坐或逗留。纵然当年洪泽湖大堤下的庵棚不在，花巷58号石屋不在，转而替代它们的是游人如织、古朴迷人的文化老街区，那些留在生命里的水花，大湖边父亲的桨橹，远嫁的姐姐，还有花巷、古井、石码头、河灯则将永恒存在下去。事实上，我们每个人也是一条滚滚向前，奔腾不息的河流，在追逐和奔跑中，走向更加辽阔处，这不正是河流的秘密吗？

作者简介 / 杜怀超

1978年生。中国作家协会会员,江苏省作家协会签约作家,鲁迅文学院第21届中青年作家高研班学员。作品散见《山花》《作品》《北京文学》《青年文学》《散文海外版》等刊物。著有《苍耳:消失或重现》《大地册页》《大地散曲》等多部作品。作品曾入选中宣部主题出版重点出版物,国家"十三五"重点出版物出版规划项目,国家出版资金资助项目,中国作协重点作品扶持项目,江苏省作家协会第三、六、八批重大题材项目等。获紫金山文学奖、三毛散文奖、老舍散文奖、林语堂散文奖、孙犁散文奖、中华宝石文学奖等,多篇(部)作品翻译成外文和入选各种年度选本。现供职于江苏省徐州市文联。

周荣池

里河畔的院落

周荣池

一

少年坐在大河北去的右岸坡堤上,东望古城绵延与沃野平畴。这些景致日后就成了他行囊里背负的乡愁:

……站在河堤上,可以俯瞰堤下的街道房屋。城外的孩子放风筝,风筝在我们脚下飘。城里人家养鸽子,鸽子飞起来,我们看到的是鸽子的背。几只野鸭子贴水飞向东,过了河堤,下面的人看见野鸭子飞得高高的……

少年眼睛里当然有无数的院落。他与鸽子以及那些风筝都属于这些院落。无论走多远人们都会记得从这里的出发。少年的家不在城里。他家所在北门外也是一片繁华的地方。那里住的手工业者居多,是城乡交接的地方,比起城南士绅的住地要更有烟火气。城市也是一个由门楼出入维系成的巨大院落。南门叫望云门,北门称制胜门,东门乃武宁门,西门是建义门。高高的城墙把城池围成家园。因为河以及西去连着的湖是悬着的,河湖底部高于城池,所以城墙在此地并非显示威严的虚拟修辞，而是护佑着内里以及东去土地上平安的实指。从大河岸东去的平原也像一个巨大的院落。南到通扬运河，北至苏北灌溉总渠，东有串场河，四条河流围成的一个巨大平原，养育着古往今来生生不息的民族，也成为大河西去、富庶的扬州城冠绝天下的生动注脚之一。

大河是大运河，这里人称为里运河，又叫里河或上河。串场河称为下河。河流围成的平原便叫里下河平原。里河边领首的城市叫高邮。九十年前，那位在堤上张望的少年便是汪曾祺。运河之水汤汤流经的高邮城，就像一条项链上挂着的宝石钻坠。新开运河、明清运河故道以及浩渺的高邮湖形成"一湖两河三堤"的格局，守护着高邮城这个巨大的院落，也哺育了东去的里下河平原上众多城池。

汪曾祺家的院子在北门外。较之于城中心的富庶人家，汪家还不能算得上是"大院"。譬如南门官至蓟辽总督的王永吉，留下了"蝶园"这样的院落，如今的魁星阁依旧屹立在城墙边；市河边王家大院一门出过三个进士，王念孙、王引之父子的"小学"被称为"高邮王氏学"。王家的院子原来是从家道中落的武举人手中买下的，留下一根闻名遐迩的"王府独旗杆"；再有公家的院落比如州署，虽是公帑所建，但也包含着无数的风雅轶事。比如写成一百二十卷《海国图志》的邵阳人魏源曾任知州于此，留下"湖边无处看山色，但爱千家带雨耕"的吟咏，晚年也寓居礼佛小城之中。如此的院落在其他的城市也并非鲜见，它们又都承载着文人的梦。也许运河中的波涛水纹孕育和暗示了万物生长，一切都渗透着一种浓郁的"文气"，亭台楼阁、雅士白丁以及一草一木都被文气所沾染和祝福。

到了汪曾祺童年所在的20世纪初，似乎文气已然式微。然而总有种气息一直存在于由古至今的生活里，流淌在小城人的骨血里，只不过是在遗传规律的支配下或隐或显。汪曾祺坐在御码头上，他听老人们说过，这里因为有皇帝的脚步踏过而不生蚊虫——他们也感叹过皇帝已然与流水逝去，可小城人心里藏着不尽的骄傲。康乾二帝几下江南驻跸于此，留下的诸多诗篇更是磐石一样坚硬的证据。当年在运河边，跪迎皇帝的乡人贾国维何等荣耀与威风。康熙皇帝六下江南都登临高邮上河堤，乡人贾国维三次在场。贾家是本地望族，贾国维自是饱读诗书。他站在上河堤，期盼着龙舟的到来，好将一肚子学识和抱负倾诉给康熙皇帝以得赏识。

康熙四十二年二月，康熙帝第四次南巡过高邮，身为举人的贾国维呈献《万寿无疆诗》《黄淮永奠赋》。贾国维被引到龙舟上御试，作七律《河堤新柳》、五律《芳气有无中》两首——这才是展示腹中真正才情与诗意的时候。这位在运河边院落里长大的才子，在举步成诗的"脱口秀"中吟咏道：

官堤杨柳逢时发，半是黄匀半绿遮。
弱干未堪春系马，丛条且喜暮藏鸦。
鱼罾渡口沾微雨，茅屋溪门衬晚霞。
最是鸾旗萦绕处，深林摇曳有人家。

二

今天运河边的扬州城地理上踞守在江北，但又似乎仍是一处"最江南"的存在。控江引淮的高邮城，就像是一个深居在扬州地理与文化中的隐士，独持着自己的繁华。大河在，一切就都成立，水滋生与涵养的富庶聚集在光阴的深处。在城南城北,各有两处修复过的院落,但不及原来十之一二。它们的幸存似乎是因为后来的艰难贫困。彼时它们是"二中队""三中队"的驻地,就是拖板车的工人们的"单位"。如果不是因为贫困,也许这些院落早就被拆解成无可考证的砖瓦。

城南的盂城驿是运河上唯一现存的水陆驿站,上岸便可见皇华牌坊巍然屹立。高邮城因河而兴,因邮而名。当年秦王嬴政在此"设高台、置邮亭",这片古老的土地便得名高邮。运河、驿路上的商旅集散于这座滨河的小城,作为明清时期大运河沿线规模最大的驿站,盂城驿是一个巨大的院落。有厅房一百余间,是城市的接客厅,是实用也是体面。马可·波罗行至此地,留下只言片语间的繁华记忆:

"城市很繁华。民以经商和手艺为生,养生必需品俱极丰富,产鱼尤多,走兽飞禽各种野味皆甚多。用威尼斯银币一格鲁梭就能买到三只像孔雀那样大的雉。"

繁华是一种脸色,也是一种气质,都装在一处处院落的深处。北门的高邮当铺是典型东西的院落,其间冷暖聚散在柜台后伙计的脸色中,有一种绵延古意。高邮当铺字号同兴,传为清朝权臣和珅私产——如果这只是导游词追寻的趣味,也足见人们超乎寻常的想象和自负。当时高邮城内开有几家当铺,以此当铺规模最大、经营时间最久,因地处高邮城北门外,当地人俗称北当典。又说和珅倒台后,转为民当,并数易其主。清末民初马士杰成为当铺最大股东,后由何梓独家经营。1927年,当铺遭军阀孙传芳部抢劫而破产停业,后由宰姓"朝奉"等筹资,日军占领高邮时关闭。人们联想和珅与这座院落的关系,当然也非完全空穴来风,因为当初参倒和珅的《敬陈剿贼事宜折》,正是高邮人王念孙执笔,其中有名句谏议皇帝搁下除贪的心理障碍："臣闻帝尧之世，亦有共欢；及至虞舜在位，咸就诛殛。"读书人的聪明话，为早有的定夺找到典雅而庄重的借口。

写出这样句子的人，正是从运河之畔的院落里走出去的。人们在盂城驿院中的鼓楼上看大河南北通达，想见古往今来生生不息；进同兴当铺的存箱楼中见东西聚散，似感叹富庶贫穷聚散无声。这些历史深处的院落滋养了城市的存续，它们积累的财富和情绪是城市生长的根脉和命数。

三

大运河走到古城高邮，在城西河心的镇国寺停顿了一下。三千里的运河篇章中，镇国寺塔是一个唯美的感叹号。禅院里佛音缭绕，念诵着自唐以来一直的虔诚和皈依。流水是有慈心的。小城里曾有无数禅院的兴替存废，清中叶以后仍有"八大寺"之名：天王寺、承天寺、放生寺、善因寺、乾明寺、永清寺、镇国寺、净土寺。这些多兴建于唐宋的禅院，如今只留镇国寺与塔在运河之上见证佛心。

镇国寺塔本在城西岸边。后来新开运河穿城边而过又让道保塔，使其伫立在河心岛上。镇国寺塔因唐骨明表的形制，被古建筑学家陈从周先生称为"南方的大雁塔"，并作诗曰："归程回首步犹迟，古塔斜阳系去思。不惜秋波重一转，水中陆上两相宜。"寺及塔传为唐僖宗时期所建，又传开山祖师举直禅师为唐僖宗之弟。寺庙初名镇国禅院，举直禅师圆寂后弟子建浮屠供奉，后又名"光孝禅寺"，宋代因醴泉井又改名"醴泉寺"，乡人秦观作《醴泉寺开堂疏》，有句："飞鸟衔花，空存胜景。真珠撒帐，未遇明师。逮军旅之荐兴，获法筵之初启。"

流水中的禅院是实指，也是虚怀——是抵达，是停顿，是远行。

这样的院子里涵养的是禅意和世事，也是时光和深思。进寺庙由塔拾级而上，至顶层临窗清风徐来。东望是城池里的人间烟火，西去是高邮湖烟波浩渺，又有船舶延绵南下北上，让人不禁思忖：这塔下的河流是不是从遥远繁盛的唐朝一路奔流而来？检阅史料，唐僖宗并没有弟弟可能"游方"于此，但人们的传说又是那么地富有哲学意趣。一个人是皇子也好是庶人也罢，行脚到这方水土的时候愿意留下来，未必是否定过去的行程，很可能只是被眼下的城池和草木所感化。他走在古邗沟的东大堤上南下，东望去无数的院落炊烟袅袅，人间的胜境拨动了行脚僧人的心弦。他于此建下了禅意的院子，不再回程或者远行，从而留驻为一尊后世尊仰的佛像。

　　三千里运河水流到这里，也会因为这个院子停顿一下。南来北往的是时间，东去西来的才是空间。这就像是一条河流的宿命安排。船就像运河里奔跑的鞋子，偶尔停泊在岸边是为了补充供给或修整心力。各地的船舶带着老家的口音靠岸，上去看见彼岸的生活是一个个永远停泊在此的院子，由此生出无限的伤情。船上的人没有院子，因为他们总是在出门。院子里的人每天等着日落关门，他们比漂泊的人少了许多船舶上孤苦的故事和怅惘。当年，写下《指南录后序》的文天祥，也是在船舶中奔流来去的："至高邮，制府檄下，几以捕系死；行城子河，出入乱尸中，舟与哨相后先，几邂逅死。"他的心里一定也念想着某一处安定的院落。所以他在家国威望的时候，在他乡想到了故乡，在《发高邮》中流下两行清泪："欲寄故乡泪，使入长江流。"

　　所以，出发、经过以及远行并不是终极的意义，抵达也不是。镇国寺及塔在运河上的隐喻，是一种自我的皈依与返程，留下一处属于自己的院落，是佛家的禅院或者人间的小院，哪怕只是想象中的栖居之处,总要比漂泊与流浪更得人心。举直禅师"据说"从唐朝而来、从长安而来、从脚下而来,都只是人们为了证明:"留下"才是人生最安详的院落。

四

少年不再归来,但无数的院落依然在生长。院子里生长的有"东园紫梅初破蕾,北涧渌水方通流",有"孟夏气候好,林塘媚晴辉",有"鸣鸠去后沧浪晚,飞雨来初菡萏秋",有"残腊渺茫云外日,新春仿佛梦中来"。乡人秦观写下这些诗,足以证明他在《送孙诚之尉北海》中那句"所以生群材,名抱荆山璧"所展现出来的基于地方文化的自豪。几百年后新城王世贞在运河边的小城高邮感叹:"风流不见亲淮海,寂寞人间五百年。"好在时光没有任高邮城的才子寂寞五百年。

运河边张望岸下院落的汪曾祺，日后从此出发，背着文名游走他乡。想起秦老夫子的才情，深情地唱道："不是人物长得秀，怎么会出个风流才子秦少游？"

这些才子在史书里、在文坛上、在吟咏中，都是文曲星下凡。但在老家的城池里，他们也还是某一个院落里的乡邻。无数的院子所涵养的日常，构造了丰赡而坚固的现实。那些从此走出去的孩子，一辈子也记得自己是那个夕阳中被呼唤的顽童："二丫头，回来吃晚饭咯！"很有意思的是，这里的人叫男孩也亲昵地唤作"丫头"，平凡中有着不尽的喜悦。说到底，他们把文章写得再锦绣，运河边的无数的院子才是他们"满架秋风扁豆花"的老家。

从运河上岸东去，悬在地平线以上的运河铺排出一种特别的意境。运河堤上岸后进城不是高攀而是低走。这里的小城又叫盂城。正是秦观所谓"吾乡如覆盂，地据扬楚脊"，城市是在河床标高以下的。水往低处流，所以高邮城注定了与水牵连，无数的庭院都蕴藉着风皱水成纹的诗情。这种意境又是要深入街头巷尾，最好是身在其中才能懂得的。一个院子就像一种品性，一种世界观，也是一种方法论。虽然它们比不得扬州城里园林的豪奢与阔绰，但它们一定有各自笃定的想法。

当然，无数的院子中最温情和细腻的还属日常的生长。清晨人们从院子走出去，在路边进城的农人手里买一把水嫩的菜蔬。计较或者不计较价格，人们都有各自的面色。买卖的人早就习惯了流水般庸常的情绪。一把菜从村庄的土地上进城来，可以缓解离乡者的思乡之情。久居城市的人们其实和蔬菜一样都有乡下的老家。春天的韭菜、夏天的咸菜、秋后的茄子、冬天的白菜——很奇怪，这里人叫白菜为黄芽菜。这些从泥土里生长、转场到无数院落里的日常中，在口舌里实践着一座城市关于味道的哲学。秋去冬来之前，院墙上又挂满了待腌制的萝卜或者青菜，这些用盐水贮藏的味道，在一个个院落里注释着"萝卜青菜保平安"的日子，成为小院深处的独特风景。

一院芳菲草木葳蕤注释着四季，闲情雅致的主人闲坐庭前读旧诗书。春花、夏雨、秋风、冬雪，这些都是落在院子里的诗句，在不远处运河行走的船舶上传来的鸣号中惬意铺陈。一个个院落就像城市这个大庭院篇章的分册，条分缕析地展陈着生活的情调与意趣。还有些院子空了，后人忘记了紧锁的门庭里曾经有什么故事，那似乎也并不要紧。一辈辈的人来来往往如运河里的水，到来、留下以及被忘却都自有令人心动的生生不息。

作者简介 / 周荣池

江苏高邮人。著有散文集《一个人的平原》《村庄对我守口如瓶》等十多部。获紫金山文学奖、三毛散文奖、丰子恺散文奖。

吾心归处在『青果』

薛焕炳

每次走进青果巷，总是闻到曾经的书香。

多少次，与朋友在一起谈到常州的名人，总是离不开青果巷。

苏州有平江路，杭州有清河坊，镇江有西津渡，扬州有东关街，这里是江南著名的历史文化街区，街内也是名人辈出，满街皆闻书香，但一条小巷内究竟走出多少文化名流，恐怕还没有人作过统计。而在常州，无人不知青果巷；在古巷，无人不晓八桂堂。据我粗略统计，常州青果巷历史文化街区内，历史上的进士就达百人之多，各类名人更是不计其数。

按理说，不论第一还是第二，不能自封，而是要靠历史来认定，但一条不足千米的青果巷，竟然有那么多的名人在这里出生，又有那么多的名人从这里走向全国乃至海外，确实并不多见。

一

青果本名橄榄，也叫福果，由于寓意吉祥，江南许多城市都有青果巷（弄），如江阴、丹阳、宜兴，此名并不是常州独有。清代乾隆年间，有一个叫褚邦庆的常州人，写了一首长长的《常州赋》，其中有"入千果之巷，桃梅杏李色色俱陈；登百花之楼，榴芍荷蓉枝枝可玩"句，后人以为古巷原名千果巷，甚至说成这里曾是常州的水果集散地，许多年前还有人在巷西立了一块刻有"千果巷"的花岗岩石碑。殊不知，褚邦庆写"入千果之巷"是为与"登百花之楼"对仗而已，因这两字的方言发音相近而故意将"青"写成"千"。

2010年秋，常州日报副刊部主任、现任常州作协主席李怀中约我写一篇关于青果巷的文章。我花了一些时间，深入运河之畔的深宅大院，挖掘古巷曾被湮灭的"宝藏"。数年后，青果巷东入口新竖一座四柱三门的双檐牌坊，"江南名士第一巷"匾额悬挂在上。

时隔十多年，我再写青果巷，是因为这里走出的名人太多太多，背后的故事太多太多，一篇文章难以了却自己心愿，或者说吾心归处仍在古巷。

当年龚自珍这样誉称常州："天下名士有部落，东南无与常匹俦。"此话用在青果巷更为贴切。我掐着手指做过粗略统计，科举时代，街区内进士者就有两百多位，有名有姓的各类精英也是长长的一串，如隋代司徒陈果仁，唐代常州刺史李栖筠、独孤及、晚唐礼部尚书徐铉，北宋著名藏书家张举，南宋枢密院事张守，明代文学家唐荆川，江西巡抚谢旻，东林学人钱一本、郑鄤、孙慎行，晚清湖北布政使瞿赓甫，《官场现形记》作者李宝嘉，北洋政府国务院秘书长恽宝惠，中共早期领导人瞿秋白、张太雷，书画家吕凤子，诗人艾青，中国职业教育开创者李仁，协和医学院院长李宗恩，国立音乐学院长吴伯超，著名小提琴家盛中国，著名画家恽南田、唐芃、唐宇肩、唐宇量、唐宇昭、唐于光、唐若云、钱维乔、汤贻汾、董婉贞、恽鸿仪、李宝章、李宝翰、李祖年，洋务运动先驱盛宣怀、张赞宸，常州纺织鼻祖吴幼儒、赵锦清、蒋盘发、刘国钧，近代著名藏书家陶湘、陶瑢、陶洙，语言学家赵元任、周有光，法学家董康、张志让、史良，凡此种种，名人数不胜数，故有人用"青果部落"加以形容。

在我的耳边，又常常听到学者称："一条青果巷，半部常州史。"此话有些道理，史由人写，人由母育，一方水土养一方人，青果巷名人是由大运河孕育的，每一位名人的背后都有一段不平凡的经历，都有一个动人的故事。

先说说巷边的这条运河吧，江南运河流经常州百里有余，其中城区段东起水门桥，西至西吊桥，青果巷为这一区段的核心。青果巷的前身称驿道与西排湾，也称通惠坊，道光年间的常州舆地图标有这些名称。

古巷依河而建，由河而名，因河而兴，而巷边的水道便是江南最早的运河之一，因此被联合国列入世界遗产名录。据史料记载，公元前495年，吴王夫差为讨伐齐国，在姑苏与延陵之间开凿了这一水道；时隔九年，即公元前486年，夫差又在广陵与淮水之间开凿邗沟，自此江南运河与邗沟相接，大大缩短了吴越与齐鲁之间的距离，夫差胜券在握，艾陵一战大获全胜。

延陵是常州最早的名称，后来又改称毗陵、晋陵、兰陵、常州。春秋时期延陵有没有城池并不重要，重要的是延陵水道流经了今天的常州城。至于有人称此段运河是江南唯一穿城而过的水道，那也未必。另有一个信息十分重要：1973年，荆州拍马山出土一把战国时期的木梳，上刻"延陵东门"四字，按此分析，延陵城可能在那时已经形成，否则"延陵东门"又如何解释？

二

延陵是在公元前222年设县,至今已逾2000年;如果从常州人文始祖季札封邑算起,有文字记载的历史又将前推500年。常州城依河而建,因河而兴,青果巷位于城区中心,它的历史当然不会短。这十多年来,常常有人撰文写道:"青果巷是常州古老街巷之一,其历史最早可追溯至明万历年间,距今已有400多年的历史。其历史街区南北长约200米、东西约400米……"这一说法误导了很多人。

后来我弄明白了:为何有人屡屡那么说,原因是明代弘治至正德年间(1488—1521年),唐氏数代相继建成八桂、贞和、易书、筠星、四并、复始、松健、礼和八堂,世称"唐氏八宅";一代大儒唐荆川居住贞和堂,他们是误将"唐氏八宅"看作青果巷的源头!

唐氏是常州的望族,与青果巷关系密切。明清两代,唐氏一门出了二十多位进士,三十多位举人。唐贵、唐珤、唐顺之、唐鹤徵祖孙四代均为进士,不是朝廷命官就是学坛泰斗,特别是唐顺之(号荆川),文韬武略,在抗倭中屡建功勋,在文坛上又是常州旗手。读点书的人都知道"唐宋八大家",此说缘于唐顺之。他在编纂《文编》时收录了《左传》《国语》《史记》等先秦两汉文章,又选用大量唐宋诗文,尤其是"唐宋八大家"的诗作。此后,茅坤在唐顺之《文编》基础上,编写《唐宋八大家文钞》,正式提出"唐宋八大家"。郑振铎先生在《中国文学史》中说:"唐宋八大家之说盖始于唐顺之。"

我的先祖薛应旂与唐顺之是挚友,同为理学大家,被人称作"常州二贤",东门舣舟亭前曾有唐薛二贤祠。凭名气,唐顺之要大;凭学问,两人难分伯仲。按清初学者李长祥《唐薛二贤祠记》:"毗陵之贤

者,以荆川、方山二先生著。予以壬寅来毗陵,欲识毗陵之贤者,乃入乡贤祠拜瞻于二先生益仰止。"晚清大儒钱名山则说:"荆川未达时,尝问业于方山,方山不以师自居。"方山是薛应旂的号,荆川是唐顺之的号,作为后学,我为常州拥有唐顺之与薛应旂两位大家而感到骄傲。

我有一位教育学院的同学吴明珠住在贞和堂,多年前我曾踏访此屋,"七十二户房客"之故,四百多年的老宅看不出什么名堂,仅知第三进为楠木厅,只因身在此"山"中,不识庐山真面目。直到2012年,青果巷街区修缮全面启动,我有幸参与贞和堂修缮方案论证,这才知道贞和堂占地就是二亩有余,屋后还有后花园。

荆川先生去世后的四百年间,这里发生许多变故。明清鼎革,贞和堂有荆川曾孙唐宇昭、唐宇量、唐宇全居住。兄弟因不愿削发降清,走伏于草间,隐匿数年,贞和堂被官府没收变卖,后花园(半园)一半被乾隆年间状元钱维城弟弟钱维乔购得,另一半被江西道监察御史许之渐改为可园,曾为国子监司业的庄楷则购得贞和堂六进房屋,共计74间。贞和堂由庄楷购得,唐氏后人心里似乎好受一点,原因是庄、唐先祖本是姻亲,唐顺之妻庄孺人是西门庄鹤溪孙女。

西门庄氏与唐氏一样可了不得,从万历年到光绪年的284年间,进士三十五名,举人八十二名,其中状元、榜眼、传胪各一人。更有兄弟鼎甲、兄弟会魁、兄弟三进士、同榜三进士等诸多盛事,在历史上罕有其匹。为此,康熙二十七年,常州城内就竖世科坊,上面刻有104位庄氏获取功名者名录,知府祖进朝亲撰《世科坊记》。保和殿大学士兼礼部尚书王熙撰文称:"大江以南,山川秀美,人文荟萃,毗陵庄氏家世尤盛。"

在毗陵庄氏宗谱姻亲栏目里,除与唐氏联姻,与庄氏有姻亲关系的名人有一长串:钱维城、洪亮吉、刘於义、盛宣怀、陈韬、陈衡哲、陈范、瞿秋白、恽南田、吴瀛、吴祖光、吴祖强……

一条青果巷带出一连串的常州名人,称青果巷为"江南名士第一巷"也就不足为奇了。

三

青果巷是常州文史的一处"富矿",稍加留神,就会有惊喜发现。民国时期,张赞宸从庄氏手中购得贞和堂。张赞宸曾任萍乡煤矿总办、天津银行总办,与张太雷父亲张汝舟(名光斗)是远房兄弟。张汝舟祖屋在运河南涯的西下塘仁让里,里名有源于张悦、张怡兄弟相互仁让的故事。

张悦是张太雷的五世祖,张怡是张志让的五世祖,张太雷与张志让为同辈。清嘉庆年间,张悦、张怡幼年丧父,靠母亲一手抚育长大。后来张悦生了四个儿子,张怡仅生一子,分家时,张悦提出家产各半相分,张怡却以哥哥有四个儿子为由,坚持按五份分派,为此互相推让,母亲在世时,家产一直没有分成。张怡53岁时不幸离世,张悦悲痛之余,坚持自己的主张,将一半家产分给了侄儿,张氏仁让家风成为美谈。道光十三年(1833年),武进县令姚莹题赠"仁让风行"匾额,大学者李兆洛书又题"仁让堂",匾额悬挂张氏中堂。书法家庄海还题一联:"实行在伦常,难兄难弟北第交修真学问;乡评推老宿,兴仁兴让南陵咸仰古仪型。"

张汝舟成年后,娶西门薛锦元女为妻,后来生了个儿子,取名曾让(参加革命后改名太雷)。张志让与张曾让(张太雷)自小友好,情谊深厚。张志让后在自传中这样写道:"张太雷是我的远房堂弟,他的父亲曾在萍乡煤矿做事,那时我还很小,两家常有来往,因此我与他很相熟。"张志让后来成为我国法学家、杰出的民主革命战士,而张太雷成为中共早期领导人之一,后在广州起义中英勇牺牲。

八桂堂与贞和堂一墙之隔,也是数次易主,后来由瞿秋白叔父瞿赓甫购得。瞿赓甫曾任宜昌知府、湖北按察使、布政使等,举家在外,八桂堂由其侄儿瞿世炜全家居住。张太雷在与张志让伴读时,瞿秋白全家已搬至城西瞿氏宗祠。

瞿世炜是瞿秋白的父亲,精通佛学老庄,又擅绘画书法。光绪二十五年(1899年),瞿秋白在八桂堂的天香楼出生,按农历计算,与张太雷同岁,生肖皆属狗,但秋白要比太雷小五个月。1903年,瞿赓甫在湖北去世,家眷回到常州,四岁的秋白随母亲搬迁他处,先是住在青果巷对岸乌衣浜,后迁西门庄氏祖母家,最后搬到瞿氏宗祠。

因生活逼迫，母亲金璇41岁那年含恨自尽。

　　瞿秋白与张太雷本是青果巷的邻居，又是年龄相仿的同伴，因命运的捉弄，他们不能走到一起。我作过分析，少年太雷在与张志让作伴时，正是秋白全家最困难的时候，他们没有做上少年伙伴，直到辛亥革命前夕，他们先后考入常州府中学堂，二人成为同学，再后来一起走上革命道路，成为中共早期领导人。瞿秋白与张太雷的身世多么相似，两人都是随父母寄人篱下，都是早年丧父丧母。所以我得出结论：青果巷的名士，不尽是荣华富贵，同样有人经历过痛苦与悲伤。

　　张志让与张太雷、瞿秋白走的道路不尽相同，但也异途同归。青果巷走出的法学大家不只是董康与张志让，还有一位是"爱国七君子"之一的史良。新中国成立后，史良成为第一任司法部部长，张志让则担任最高人民法院副院长，三位法学家的人生旅途从来没有离开青果巷。

四

　　我对青果巷的了解还缘于我的师长、友人以及一帮志同道合的同仁。初中时我有一位老师叫高永远，住在青果巷东首汤贻汾故居后楼；九旬老人路锡坤是我的忘年交，居住巷中汪氏三锡堂；曾经的总工会同事潘文渊蜗居湛贻堂赵家多年，这些师长友人为我研究青果巷提供了很多方便。

　　高永远老师当年可能并不知道汤贻汾其人，亦不知道老屋有什么来历。汤贻汾是常州画派的重要人物，山水受董其昌影响，又承"娄东派"传统，后来发展为淡墨干笔皴擦法，枯中见润，自创一格。《清史稿》言："清画家闻人多在乾隆前，自道光后卓然名家者，唯汤贻汾、戴熙二人。"汤贻汾工诗文,精骑射,娴韬略,精音律,通天文地理及百家之学,书负盛名。其妻董婉贞与子女汤嘉名、汤禄名、汤绶名亦擅画,五人皆入《历代画史绘传》。

汤贻汾与林则徐也有情缘,道光十六年（1836年）,林则徐由淮安府至盐城皮大河一带访察民情政事。忙稍偷闲,自绘《饲鹤图》,拜会汤贻汾,汤氏为其补景,二人同框的景象想来是那么生动。

数年前,汤贻汾墓在南京被发现,汤氏后人与我谈起此事,又讲到家中"可对堂"匾额。得此信息,我与汤氏后人同样兴奋,建议修缮其屋,悬挂其匾,敬其祖宗。几年后,汤氏后人一一尽力,许多愿望得以实现。

五

青果巷16弄22号是赵氏湛贻堂,与"可对堂"相距百米。我那同事潘文渊因爱此巷,一头扎进古巷深渊中。不可自拔,什么汪氏三锡堂、赵氏湛贻堂、汤氏可对堂、李氏留余堂,等等,摸得一清二楚,连周有光的出生"血地"、赵元任的书房也考证得头头是道。用他的话说:"我是物质的穷光蛋,精神的准富翁。一箪食,一瓢饮,居陋室,渊也不改其乐也。"可要知道,他在为衣食而忧的情况下,仍愿做一个文化义工,调查巷中的一砖一瓦、一井一池、一房一屋,而他在湛贻堂的蜗居地,仅能放一张床,客人至此,容膝也难。

湛贻堂是赵翼白云溪宅第的堂号,赵曾向是赵翼曾孙,也是赵元任的曾祖父。咸丰年间,他从一个盐商手中购得此地,重新营建,曾祖堂号同名。赵元任祖父赵执诒是同治年间举人,出知直隶冀州。1892年,赵元任在天津出生,九岁时随母回到青果巷。1906年,进溪山小学（后并入武阳公立小学堂）；1907年，入南京江南高等学堂预科，赵元任少年是在青果巷度过的。

潘文渊数次邀我光顾湛贻堂，盛情之下，2009年元旦，我跟随他扎进小巷深处。那天在湛贻堂待的时间较长，我与赵元任的侄子赵与康作了深谈。40年前，赵元任最后一次回常，在青果巷拍了一些照片，赵与康捧出照片，他给我说："伯父当时就在屋这边的位置，双眼含泪，频频点头。"我心中为之一振：斯人已逝，故宅依旧，被人称为"清华四导师"之一的赵元任，音容笑貌定格在这座故宅内。

赵与康还拿出由赵元任女儿赵新娜主编的《赵元任音乐全集》，我这才知道，大师不仅是"阳春白雪"的倡导者，谱出了《教我如何不想她》这样的名作，成为海内外华夏儿女的思乡曲；还是民俗文化的传播者，音乐集中竟收集《孟姜女十二月花名》，这是我小时候会哼的常州小调之一！

赵元任是语言学家，精通多国语言，更能说各地方言达30余种。在新文化运动的大潮中，他在汉字拼音化上有过积极的探索。今天的故居，经过修缮，恢复了原有的花园，并按语言艺术、音乐艺术、生活艺术展示先生多才多艺的精彩人生。

常州是出语言学大家的地方，除了赵元任，还有庄适、庄俞、吴稚晖、陈衡哲、刘半农、瞿秋白、袁晓园、周有光、沈步洲等一大批人，仅青果巷就出了数位语言学大家，特别是周有光。他与同仁用26个拼音字母，解决了汉字与拉丁字母的融合，对中国语言学的发展功不可没。

周有光旧居原是"唐氏八宅"之一，就在赵元任故居斜对面。周蔚春是周有光的侄孙，我们在故居内同样作过长谈。周蔚春讲了许多他们的家事，其中讲到周有光父亲周葆贻。周葆贻早年在浙江、河北、山东、安徽等地担任官职，辛亥革命后回常，在武进女子师范、私立常州中学任教，参与创办存粹专修学校。晚年致力于研究《诗经》，主持武进兰社，社址就设在自己家里。周有光是周葆贻独子，少年在育志小学读书，17岁去了上海，后来与苏州姑娘张允和结婚，与沈从文成了连襟。

周有光对青果巷印象是深刻的，他在《百岁口述》一书中这样说："我们家住在运河边，前门在路上，后门在水边。我们住在河的北面，我要过了河上学，河没有桥，只有用船连起来的渡桥，人在船上走过去。"有了这样一份情感，有了这样一份记忆，百岁老人所以道出"青果巷是我童年的摇篮"之感言，并亲笔题词寄给家乡。

周有光105岁生日时，常州为老人举办了"一生有光"图片展。由于出行不便，他委托儿子周晓平专程来常，致辞感谢常州的父老乡亲。周晓平介绍说，家父想把一生著作与手稿捐给家乡。那天，我就站在周晓平身旁，被周有光的行为深深打动。为此，我与志同道合者共同呼吁，建议将旧居辟为周有光图书馆。这一建议被政府采纳，曾经的有光旧居，今日的河畔展馆，终于实现了百岁老人的心愿，112岁时，先生在京逝世。

六

走进青果巷，不能不提盛宣怀，大马园巷18号便是他的故居，现在公布为江苏省文物保护单位。实际上，盛宣怀的出生地在城郊龙溪盛家湾，旧居在青果巷北面鲜鱼巷，大马园巷宅院是父亲盛康与堂兄盛宇怀合建的。话题回到大马园巷18号，盛家大院占地8亩，房屋11

进（包括侧厢院落），大门设于运河北岸的青果巷，厅堂楼宇共近百间，后面还有一个大花园。

盛宣怀是值得纪念的，姑且不提他创造了多少个中国第一，仅凭他捐资创建南洋公学、北洋大学，培养出众多的国之栋梁，足以让人脱帽致敬。

如今，青果巷列入常州大运河文化带建设之中，"运河之魂，名城之窗"的历史街区定位更加明晰；修缮后马园巷18号也已改为盛宣怀纪念馆，且在青果巷街区三期工程中再次提升。喜哉！欣哉！盛宣怀的名声与青果巷的名士必将共扬故里，同辉华夏。

作者简介 / 薛焕炳　　常州地方文化学者，常州市大运河文化带建设智库成员，《中吴》杂志主编。

江南运河

生生不息地流淌

徐澄范

一

时光在不知不觉中流逝,那天,大雁与天鹅竟然同时飞来,在江南运河流域徜徉栖息,两种颜色的音符,感染了这个明亮的早晨。

一位老人守在运河边,一杆烟袋,久未入口,只是让烟锅冒一冒青烟,而他自己也如那烟袋,静静地发呆。有时候遇到人,他会让烟杆在空中划动,以加重他语气的激动,那一定是同谁对了脾气。这位老运河人,把一生交给了这条河。

老人的目光投向远方,那是公元前495年。

春秋时期,江南河浃遍地,水网密布,常州先民在这块热土上集结,筚路蓝缕,渔猎稼穑,休养生息。

周太王的长子泰伯,为让渡王位给贤明的兄弟季历,毅然率众"奔荆蛮",定居于常州城外六十里处。这位来自中原的周王子,统帅断发文身的土著,拉开了江南大开发的序幕。泰伯的子孙率领江东子弟,沿着河流的走向,不断开疆拓土。公元前514年,如日中天的吴王阖闾在太湖之滨的武进雪堰营建了规模宏大、攻守兼备的阖闾城，此间阖闾伐越攻楚，睥睨东南，成就了"春秋五霸"的不世功业。

常州是吴文化的发源地之一，众多贤人共同缔造了吴文化。公元前547年，泰伯的第二十世孙，被孔子尊为"延陵君子"的春秋第一贤人、吴国王子季札，三让王位，躬耕延陵，被传为美谈。

"延陵世泽，让国家风"的君子之风，使得无形的常州城与有形的常州城，产生了合体的强烈冲动。季子的精神需要依托一座城池来发扬光大，传承后世。这座城，不同于封闭隔绝的春秋淹城，更不同于金戈铁马的阖闾城，而是一座活水环绕、人家枕河、书香传世的风雅之城。这座城池，属于吴，属于江南，属于君子季札。

这座风雅之城,来自千年不竭之河的知遇!

公元前495年,吴王夫差为了开启北望中原成就霸业之路,开凿了从苏州望亭经常州奔流、由孟河入江、北接邗沟的江南运河,奠定了吴国霸业的基础。这是江南运河于《越绝书》中的最早记载。

此后,从范蠡开挖东西蠡河,到隋炀帝打通南北运河,以及后来各朝代常州主政者重视对运河的经营,从"设五渠"到"废堰复闸,加设闸门",再到"开凿两河,清淤疏浚,三渠通江",让长江、太湖、运河"三水相依"的延陵地由此成为节制江河的枢纽之地,使市区的古运河、明运河、新运河三河并流,形成了河抱古城,城河相依的基本面貌,奠定了常州运河的宏大格局。

绵延不绝的常州运河从春秋的硝烟中走来,虽几经变迁,却始终高潮迭起,浓墨重彩,成就了常州永不落幕的春秋传奇。

二

深夜,人们都已熟睡,只有喜欢夜游的运河老人,陶醉于青果巷的月光,独自在长长的巷子里漫游。

老人听见树林里鸟儿的三两声啼叫,有只鸟儿落在青果巷南侧的南市河边。若问常州人,谁见过大世面?不是皇帝,不是将军,不是名人,不是富翁,而是这条不起眼的南市河,它的河龄就有2 500多年,从天上的到地下的,从陆地的到水里的,它哪样没有见识过呢?

这条历史悠久却又距离极短的古运河,就是吴王夫差开凿的常州运河,也称春秋运河或江南运河,为京杭大运河江南段之始,被联合国列入世界遗产名录。

时光飞逝,1 100年过去,隋炀帝动用200多万人,在春秋江南运河的基础上,"敕开江南河,自京口(今镇江)至余杭八百里,水面阔十余丈,又拟通龙舟,驿宫草顿并足,欲东巡会稽。"后来,隋朝将运河大幅度扩修并贯通至都城洛阳,此段即为隋唐运河。元朝时这条运河又弃洛阳而取直至北京。

时间往后推移600年,元朝统治者定都北京,开始了中华文明史上的第二次人口大迁移。规模浩大的南渡人口,在绝望之中急切寻找新归宿。哪知跨越长江后,富庶丰沛、气候宜人的江南,令他们感到惊喜。于是,他们就地落户,开枝散叶。

常州既是经济富庶之地,又是南来北往的交通重镇。自隋至元800年历史中,南方运往北方的大量商品物资,无不留有常州府的印戳。常州这种"自苏松至两浙七闽数十州往来南北两京,无不由此途出"的重要地理位置,不仅本身是贡赋重地,同时依靠江南运河也成了"产者输之,购者集之"的漕粮转运中心,"贡赋必由之路"。江南运河开始每年转运百数十万石,后因战略之需,贡赋逐步增加至300万石,稍晚些的宋朝,最高达700万石。

岁月如梭,历史长河又流淌了数百年。到了明朝万历年间,经历了元代屠城血洗的常州,迎来了休养生息的和平时期。江南市井的皮实生活,又展现出精明而又开化的商业氛围。

于是,穿城而过的古运河,随着城市经济的蓬勃兴起,商旅攘熙,舟车辐辏。在一派繁华的背后,河边民宅迭筑,河床淤高,水上行舟遭遇壅塞,运力严重下降。明代万历九年(1581年),常州知府穆炜下令全民动员,兴修水利,形成了大运河经土龙嘴环绕城南而行的面貌,开拓出一条壮观的南运河。由此,青果巷的商贾豪富、果肆店铺,纷纷另谋出路,迁徙他处,原有"千果巷"之美誉的南北果品集散地,则日益衰落下去。

明弘治年间,常州知府采取一些安抚政策,使得书香士人看中青果巷这处"氛围静谧绝喧""环境清秀临水"的风水宝地,纷纷在此围墙扩院,营宅建楼。最初相中青果巷的是毗陵望族唐荆川高祖父唐伯成。唐伯成父子出于光宗耀祖的念头,先在小巷东首的南北两侧蔓延出一幢幢独具匠心的豪堂阔院。随着许多大户人家大兴土木,青果巷建起各式代表性的民居。尤其到了清代,风格迥异的民居此起彼伏。既有深宅小院、背弄的恽鸿仪故居,也有以跑马楼和高阁矮楼为特色的赵元任故居,还有沿袭了明、清建筑于一体的周有光故居等,青果巷成为隐伏在闹市喧街里的"江南名士第一巷"。

三

常州人对苏东坡有着特殊的情缘。运河老人依稀记得,苏东坡一生14次往来常州,最后终老于城中藤花旧馆。

宗熙宁六年岁末,时任杭州通判的苏东坡,奉命赴常润一带赈灾。在那个万家团圆的除夕之夜,他不愿意打扰朋友和百姓,独自夜宿在常州城郊运河边的小舟上,写下了《除夜野宿常州城外》:"行歌野哭两堪悲,远火低星渐向微。病眼不眠非守岁,乡音无伴苦思归。重衾脚冷知霜重,新沐头轻感发稀。多谢残灯不嫌客,孤舟一夜许相依。"完成赈灾任务后,他应好友蒋颖叔、单锡等邀请游历了荆溪山水。这里的群山苍翠、溪水明澈、民风淳厚,深深地吸引了苏东坡,使他首次起了归老于此的念头。

元丰二年(1079年),苏东坡因"乌台诗案"下狱,次年贬居黄州。五年后,苏东坡被令移居河南汝州,他却有意绕至江南,在神往已久的常州宜兴买下田庄。随即两次上表皇帝，言有田在此，乞在常州居住，最终获准。他抵达常州后，只过了一个月的惬意日子，便接到京师调令："复朝奉郎，起知登州军州事。"此次离常十年，而后再度经历宦海浮沉，晚年竟远贬惠州、儋州，直至1100年，苏东坡才遇赦北归。

当时，苏东坡回川无亲，团聚有意，但行到仪征，听说时局不稳，自己又是戴罪之身，难以在京畿立足，考虑再三，放弃了去许昌与弟弟相聚的计划，他写信给苏辙"今已决计居常州"。常州好友钱世雄代其租顾塘桥畔孙氏馆为安身之处。孙氏听说租给苏东坡，当即表示免费提供居所。

然而，疲惫不堪的东坡一路颠簸，身体极为虚弱，终不幸染病，抵达常州后，病情始终没有好转。40多天后，苏东坡仙逝于孙氏馆，遂了他熙宁七年在常州悼念钱公辅的《哀词》中的夙愿："大江之南兮，震泽之北。吾行四方而无归兮，逝将此焉止息。"

"出处穷达三十年，未尝一日忘吾州。"东坡从21岁与常州结缘，到66岁终老常州，确如他自己所称"殆是前缘"。东坡把常州当作第二故乡，常州民众也把这位命运多舛的大文豪当成自己人。明清时期，邑人在东坡终老地遗址重建孙氏馆，取名"藤花旧馆"，增建了东坡书院，以纪念东坡。清康乾二帝巡视江南，分别题写"东坡遗范""玉局风流"匾额。此后，常州又在东坡系舟处建起东坡公园，并建舣舟亭、野宿亭、仰苏阁等纪念性建筑。

运河老人伫立古运河畔，深情缅怀苏东坡。他注视着这条河想往，这想往已深深嵌入了时间的缝隙。运河两岸的无数石头，默默地堆积在那里，不知堆了多少年。那些石头，无论立起来做碑还是横下去做岸,都具有非凡的气质与宏远的意义。

老人陷入了沉思,恍惚间感到运河之上,多少人上船下船,多少船顺水逆水,风帆一晃,已过千年。

四

常州是集吴地文化精华的钟灵毓秀之城,也是历代名人雅士的钟情之地。这座运河滋养的城市,孕育了多少指点江山的常州名人。

老运河人最了解常州,他的手指轻轻划过一道弧线,指向城中的"一巷一街区"。

一巷,即位于古运河边的青果巷。青果巷隐伏于闹市喧街,狭窄幽深,青砖黛瓦,高墙深院,一色明清风格。巷子全长不足千米,可明清两代居然孕育了近百名进士,近现代又走出了几十位文才武略、享誉中外的知名人士。这里有晚唐礼部尚书徐铉、北宋藏书家张举、南宋枢密院事张守、明代散文家唐荆川、清代书画家汤贻汾、晚清谴责小说家李伯元、中共早期领导人瞿秋白、文史学者钱听涛等。青果巷若按长度单位计算,这里可谓是中国"盛产"名人的巷子了。值得一提的是巷子里竟然走出了瞿秋白、赵元任、周有光三位语言文字学家,更增添了小巷的传奇色彩。

一街区,就是前后北岸。明末清初称顾塘尖,它南临顾塘河,北临白云溪河,西为南北两河的连接处,东与县学街接壤,形成了三面环水,一面接陆,呈尖状的半岛。当时居住的都是名人和世代簪缨的仕宦之家,住宅的大门都是南朝顾塘河,后门北向白云溪,前后门沿河都筑有驳岸,故这些大户人家的前门所在地称前驳岸,后门所在地称后驳岸,现谐音为前后北岸。明清时期这里进士成群、大家云集,有"半湾都是诗人屋"之称。先后走出清乾隆榜眼、经学家、"常州学派"创始人庄存与；史学家、诗人赵翼；著名诗人黄仲则；常州画派创始人恽南田；清乾隆进士、诗人、画家管干贞；以及北宋大文豪苏东坡的终老地藤花旧馆也坐落在此。更令人称奇的是从1643年至1754年的百余年中，这里竟有杨廷鉴、吕宫、赵熊诏、庄培因等四人是全国科举场上夺魁的状元，平均全国九位状元中，就有一位出自此地。

进入近现代，常州的名人集群延续着历史的辉煌。以"民国诸葛"赵凤昌、江苏都督庄蕴宽、武昌新军总教习吴殿英为代表的常州辛亥英杰，为推翻帝制、建立民国厥功至伟。近代实业家盛宣怀亦官亦商，积累了富可敌国的财富，一生充满争议，但这丝毫不会掩盖他致力于创办洋务企业的重要功绩。著名的爱国七君子中，李公朴和史良顶天立地、刚正不阿，两位都是常州人。新四军挺进江南，在溧阳水西村设立江南指挥部，形成以茅山为中心的抗日根据地。它长期屹立在敌人的心脏地区，为中国革命作出了重要贡献！

千百年来，常州历史文化名人灿若群星，不胜枚举。最突出的有春秋大贤季札，齐梁年间编撰《昭明文选》的昭明太子萧统、《文心雕龙》的作者刘勰，明代《永乐大典》总编纂官陈济和文武全才的抗倭名将唐荆川等。至于清代，常州更是一枝独秀，辉煌无比。常州出现了五大学派：常州学派、常州词派、阳湖文派、常州画派和孟河医派。乾嘉年间，常州"户户能填词，家家会吟诗"，布衣诗人黄仲则被公认为"乾隆60年间论诗当推第一"，他与前后"毗陵七子"等同时代的常州诗人，共同建构起"毗陵诗国"的不朽佳话，这使得常州成为中国文化史上唯一被称作诗国的城市。"五派一国"簇拥起蔚为壮观的常州星群！清代著名诗人龚自珍由衷地赞叹道："天下名士有部落，东南无与常匹俦！"

五

常州是一座红色城市、英雄城市，走出了"常州三杰"瞿秋白、张太雷、恽代英，他们先后成为中国共产党早期的领导人，还有董亦湘、冯仲云、王诤等坚定的革命者。

瞿秋白，一个闪光的名字。他出生于青果巷的八桂堂，因为窘困的家境，没落士绅的瞿家不得不在瞿氏祠堂栖身。当年秋白故居门前有一条东西向、约二三丈的市河，西边河上筑有一座古朴的石桥，名觅渡桥。1996年著名作家梁衡写的美文《觅渡，觅渡，渡何处》，其主旨是由桥名的意境衍生而来。如今，这里的小桥流水人家，早已不见踪影，但故居西侧，闻名遐迩的秋白母校——觅渡桥小学，仍与故居毗邻，"觅渡"之意将与秋白之名一起长留世人心田。

运河老人站在秋白的铜像前，思绪万千。

秋白瘦削的脸庞戴着一副深度眼镜，瘦弱的身躯坚定从容地正从苍穹下走来，老人仿佛看到了他从运河离家西行时，站在船头凝望家乡时的复杂心情；看到他在革命的危急关头，一介书生用羸弱的肩膀挑起重担时的庄重表情；看到他被王明等人打击时将委屈置之度外的坦荡胸怀；看到他在上海与鲁迅领导左翼文化运动时的勃发英姿；也看到了他在监狱里的不屈不挠，昂首阔步走向刑场的从容镇定⋯⋯

老人漫步运河边，遥望那颗闪耀的流星在天际飞舞。老人确信：那颗流星就是瞿秋白那样的革命者，他们的生命降临于人世，冥冥中带着某种神秘的使命，尽力去打通一个意想不到的源头，让这条河拥有源源不断的信仰、情感和力量。老人要告诉世人：在广袤的宇宙里，在人的生命里，还有一种更高贵的东西、更深邃的东西、更恒久的东西，存在着，深藏着，值得我们去崇敬、去怀念。

这时，老人看到了古运河两岸无数彩灯辉映在水面上，有一条游船静静地驶过，河水荡起阵阵波纹，水中的灯光也跟着一起晃动，古运河水生生不息地流向远方。

运河是常州的根，常州是老人的根。

天下百姓则是大运河的根。

作者简介 / 徐澄范　　作家，著有《长处乐》《正心录》《运之河》等作品集。

运河波映无锡城

黑陶

黑陶

地处中国江南腹心的无锡,是有水之利的鱼米之乡。无锡水润之利,形态丰富,分江、湖、河等多种。它北倚奔流长江,南临浩渺太湖,但就无锡城而言,长江和太湖还是稍稍有些距离,真正与它日夜亲近的,是穿城而过的京杭古运河。

运河,古城中轴线

以河流为中轴线的城市应该不多,曾经的无锡,就是这样的城市。

无锡是江南古城。汉高祖五年,即公元前202年,就置无锡县,开始建城。

最早介绍无锡城的是东汉《越绝书》:"无锡城,周二里一十九步,高二丈七尺,门一楼四。其郭周十一里百二十八步,墙一丈七尺,门皆有屋。"

上文所指"无锡城",即内城;"郭"为外城。无锡外城的位置,就是当代无锡的老城区,行政区划属梁溪区,在今解放环路以内。历代县志记载,无锡县城,"自汉以来未尝易处矣"。

民谚曰:"先有古运河,后有无锡城。"先秦就已开挖的江南运河,当然要远早于无锡城的修筑。

当年,京杭古运河从北面进入无锡城前,因为"江尖渚"的分流,分为三股河道:东西两股运河水流,环抱锡城,再在城南跨塘桥合流;中间一道直河,则由北向南纵贯城内。由此形成无锡"龟背城"的特殊格局。

好似乌龟背脊的城中直河,也即古运河主干道,就是无锡古城的中轴线。

直河如弓弦,它将无锡城区划分为东西两半部分。东部有九条箭河,西部有留郎河、玉带河、束带河等,形成发达的网络水系。昔日的整座无锡城,宛如小型的东方威尼斯。

作为无锡城南北的主干运河河道,明嘉靖之前,直河一直是漕运之河,直到明嘉靖倭寇之乱后,直河水关关闭,漕运才从城东运河(东城河)而过。

20世纪50年代中期以前,贯穿无锡城中心的直河上,共有13座桥梁,如仓桥、三凤桥、大市桥、中市桥、南市桥等。随着老城区建设改造,直河被填没,13座桥都被拆除,湮没不存。我在无锡的居住地,就位于过去直河上的南市桥附近,沧海桑田,如今已是只剩地名,无觅桥影。

无锡城墙的拆除,在1950年。无锡市人民政府于1950年4月1日开工,历时一年,城墙全部拆除。城墙原址上建起的环形马路,分别命名为解放东路、解放南路、解放西路、解放北路,全长5.56

公里。

环抱锡城的城东、城西运河,也早已不再负责运输之任,这个重任,改由1983年全线通航、位于城市之西的人工新运河担任。

天关和地轴

与长江中有众多大小沙洲相似,无锡运河中同样散布有微小岛屿状的尖或墩(大的为尖,小的为墩)。其中,最著名的是两个墩:北门外的"天关"黄埠墩,西门外的"地轴"西水墩。

"气,乘风则散,界水则止",运河是无锡城的气脉所藏。运河之水北来,到黄埠墩后,水面愈加宽阔,"水势直下而益广",地处运河要冲的黄埠墩和西水墩,行天关、地轴之水神法力,如中流砥柱,阻挽水势,凝锡城之气脉。

"天关"黄埠墩,历来闻名遐迩。相传吴王夫差伐齐之时,曾在墩上大宴群臣。明代王永积《锡山景物略》载:"墩上有文昌阁、环翠楼、水月轩,垂柳掩映,不接不离。登阁九峰环列,风帆片片,时过几案间。"康熙、乾隆南下时,都曾流连此墩写下诗句。

黄埠墩历史事迹中,最浓墨重彩的一笔,属民族英雄文天祥。"德祐二年(1276年),北兵困临安,天祥自分一死矣,与元将伯颜慷慨抗论。伯颜怒拘之,欲北解大都。及无锡,恐南人劫夺,幽于黄埠墩。锡人闻文丞相过,持香跪送,哭声震天,鞭之莫散"。被囚墩上的文天祥,感慨异常,作《过无锡》诗一首:"金山冉冉波涛雨,锡水泯泯草木春。二十年前曾去路,三千里外作行人。英雄未死心为碎,父老相从鼻欲辛。夜读程婴存赵事,一回惆怅一沾巾。"

"地轴"西水墩,宋代宰相李纲、诗人尤袤都曾在墩上建过宅园。

"地轴"不仅文脉深厚，更有一种壮怀激烈的独特气质。明嘉靖年间，无锡知县王其勤率众筑城抗倭。期间，倭寇一度包围无锡，义士张守经率乡勇在离西水墩不远的西定桥出击，一举击毙倭寇头目"四大王"，胜利解围，但何五路等36人英勇牺牲。人们为了旌表其勇，在西水墩内的西水仙庙设义烈祠纪念义士。

我曾有机会在西水墩住宿一夜。是夜大雨，雨打绿植，运河喧哗，依稀如前贤的慷慨之声。

黄埠墩、西水墩一北一南，两相对应，天造地设。无锡作为中国近代民族工商业的发源地，与此两墩密切相关。无锡近代工商业的繁荣发展，最早由米市兴起，最为著名的，就是黄埠墩旁的北塘米市。而西水墩，则是无锡荣氏企业的兴盛之源。荣氏企业之茂新面粉厂，就在西水墩侧，厂旁运河所带来的货物运输、装卸之便利，为企业腾飞提供了基本条件。

运河和我的日常生活

在无锡，我的日常生活中，时时晃映着运河的波光。

无锡的老体育场（现在叫"体育公园"），就在城西运河旁。几乎每个不下雨的早晨，我都会骑车或步行经过运河上的清扬桥，到体育公园外围绿树青草间的空地上锻炼打拳。在清扬桥上，俯看是粼粼的运河波纹，抬眼西望，就是无锡城标志之一的锡山顶上的龙光塔。

无锡老城区纵贯南北的热闹中山路，就是以前城中直河的位置。中山路和学前街交会处（学前街以前也是城中支河）的百年老店"王兴记"，还有中山路南端南禅寺商业区中的"穆桂英"，是我经常吃面的两家店。

"王兴记"以馄饨和小笼包著名,其所在区域,是无锡文脉集聚之地:隔窗马路对面,就是中国现代史上罕见的,纵横文、理的一代大家顾毓琇故居;"王兴记"东边的留芳声巷,是阿炳《二泉映月》录音者、中国民族音乐教育家杨荫浏的出生地;从"王兴记"沿学前街往西步行,数分钟就到"无锡国学专修馆"纪念馆,无锡国专1920年由唐文治创办,是中国20世纪上半叶培养国学精英的重要学校,师生中有钱基博、朱东润、饶宗颐、夏承焘、唐兰、王蘧常、蒋天枢、钱仲联、冯其庸、范敬宜等,可谓群星璀璨;国专纪念馆隔学前街对面,就是我曾经就读过的无锡师范,锡师建校更早,创办于1911年9月17日,初始名是"官立江苏第三师范学堂",校友有化学家唐敖庆、报人徐铸成、画家吴冠中、经济学家薛暮桥、文艺理论家徐中玉、国家领导人荣毅仁等,校园内青砖的述之科学馆、雪松、钟楼,还有红砖的

图书馆之间，整整三年，曾留下我一个乡村学子的青涩身影；无锡国专纪念馆后面巷子里，又是作家、学问大家钱钟书的故居……在"王兴记"，我常常是打好拳后过来吃一碗早面，汤清面爽，让人体会日常生活的笃定和美好。

"穆桂英"在古运河畔南禅寺妙光塔下。南禅寺建于南朝梁代，是著名的"南朝四百八十寺"之一，寺南不远，就是城东、城西运河汇流处。"穆桂英"主推无锡各种特色小吃，我热衷的，是此店的雪菜肉丝面。吃罢出来，在南禅寺商业区的熙攘人群中，仰望南禅寺中的宋代妙光塔，静下心时，便能感受到一种妙光和妙音。

无锡有"江南水弄堂，运河绝版地"之誉，此语的现实承载地，就是现在人气很旺的"网红"打卡地：无锡城南的"运河古邑"街区。南北向的南长街和南下塘两条长街，一西一东夹一条汇流后的千年古运河，两岸尽枕河的民居未改旧颜，一派江南水城风貌。

有外地朋友来无锡，我常会带他们去南下塘的"尚善堂"茶室。茶室主人是一对来锡创业的年轻夫妇，男主人叫刘龙，女主人称茗敏，均洁净美善，神情沉稳又行事迅捷。室内室外均可饮茶，中式布置的室内静气弥漫，室外茶桌安放在石驳岸上，茶气袅袅间，运河水就在身旁轻轻荡漾。南下塘的"尚善堂"开业已近十载，夫妇俩拼搏不歇，事业有成，不久前与人合作，又在泰伯奔吴所至之地"梅里古都"梅村，开办了一家规模更大的"尚善堂"分店。源源的运河水，正为年轻勤奋的创业者带来源源的好运。

古运河西岸的南长街上，有无锡历史最悠久的民营人文书店"百草园书店"。书店主人刘征宇、刘石峰父子，我与他们，已经有两代人的友谊。办书店不易，但征宇、石峰父子有品格，持操守，本着爱书初心，矢志不渝。他们在艰辛守护实体书店的同时，也努力紧追时代潮流，于2013开设的"百草园书店"微信公众号，目前已经拥有超过480万粉丝，获得过全国书业年度最受欢迎公众号的殊荣。百草园书店入选过《中国独立书店漫游指南》，坐在这家"江苏最美书店"的木地板二楼，就着千年运河的波光看书，你会突生一种异于他处的领悟力。

从百草园书店出门左拐百米，就是无锡市井生活中仍在使用、体量庞大的明代石桥：清名桥。京杭古运河由此往南，便渐向苏州境内。无锡在古运河水流出之前，用这样一座著名的古代桥梁以作关锁、送行、凝聚气脉，这也可算是无锡得天独厚的地理之嘉。

运河市井美食

一地的饮食，最能反映一地之文化。此节专门介绍我所熟悉的若干无锡家常名菜和民间点心。

先说无锡菜肴。

在无锡国专纪念馆东隔壁的弄堂里，有一家老板姓姚的"卜岩面馆"。此店以面为主业，但它的传统无锡家常菜，十分道地。印象深的菜，有两道。其一是"四喜面筋"，又名"什锦面筋"，以无锡最负盛名的"清水空心油面筋"为主料，配合多种荤素辅料烹炒而成，浓油赤酱，鲜甜厚重。其二是"红烧划水"，此菜以青鱼尾巴（即划水）为原料红烧而成，色泽红亮，鱼肉鲜嫩，有无锡菜"咸出头，甜收口"之特征。

位于中山路南段的梁溪饭店，原系无锡工商实业家王禹卿旧宅，建于20世纪30年代。该饭店的"梁溪脆鳝"，独步一方。梁溪脆鳝是将鳝鱼肉经两次油炸，再以传统酱汁调味，在盘中交叉架空叠成宝塔形状，入口脆酥松香，甜咸味浓。

以直河上"三凤桥"命名的知名餐企，除主打酱排骨外，现在还开有连锁的中餐厅。三凤桥餐厅的十大名菜，大多跟水有关。像"清炒鲜蟹粉"，为江南蟹季时令名菜，将太湖蟹取出蟹肉、蟹黄、蟹油，入油炒后，蟹黄酥香，蟹脂肥美。像"水晶虾仁"，是最负盛名的无锡传统菜肴，将河虾剥仁，炒后晶莹剔透，洁白如玉，鲜虾淡雅，饱满弹牙。像"脆皮太湖银鱼"，选用太湖银鱼挂糊炸制而成，色泽奶黄，外脆里嫩，鲜香可口。

再说无锡点心。

小笼包，无锡排第一位的传统名点。创制于清同治年间，原为城中拱北楼面馆经营的鲜肉包，馅心里拌进皮冻，所以吃起来馅中卤汁很多，后改用小笼蒸制，故称小笼包。特点是皮薄卤多，咸中带甜。

玉兰饼，由无锡孙记糕团店首创于清道光年间，因正值玉兰花开时节而得名。做时选用糯米粉做成饼坯，包入菜猪油、豆沙、鲜肉、玫瑰、芝麻等馅心，放入平锅用油煎烙。玉兰饼色呈金黄，外皮香脆、内壳软糯。无锡玉兰饼，现在以清扬路上的"毛华"、崇宁路上的"天福苑"所制为佳。

梅花糕，将面粉发酵成厚糊状，盛入细嘴铜壶，从铜壶注入梅花形模具内上炉烧烤，加入鲜肉、菜猪油或豆沙等馅心后再浇一层面糊，铁板盖至糕熟取出即成。蓬松的长筒形糕身如梅花怒放，入口松香软韧。现在无锡新生路上一家古法梅花糕店，生意最好。

惠山油酥，无锡著名土特产，相传元末明初由惠山寺僧创制。制法是将面粉、素油、白糖、泉水，用人工搅拌揉搓成面团，再将小粒面团搓成圆球形，稍微压扁后包入馅心，滚上白芝麻，即可进入烤制。惠山油酥的馅心，以蜜饯为主，由瓜子肉、金橘、红绿瓜丝、青梅、蜜冬瓜、胡桃肉、白糖等搅拌而成。成品色泽金黄，酥香适口。惠山油酥现以"天下第二泉"旁的惠山古镇所制为代表。

运河新貌

无锡，因运河而生，因运河而兴。京杭运河沉淀着无锡深厚的历史文化，孕育了无锡的民族工商业和灵动通达的城市气质。人们喜欢用"千里运河，独此一环"来形容无锡运河。

无锡首创了许多运河"第一"，如1980年在全国首开"古运河之旅"，1983年在国内率先编制古运河保护规划，2006年诞生中国首部关于工业遗产保护的宪章性文件《无锡建议》，2008年在国内首建大运河国家文化公园——运河公园，为中国大运河国家公园建设作出实践性探索。

在最近出版的呈现中国大运河文化带建设成果的《中国大运河生活图鉴》中，无锡荣登全部七个单项榜单，如中国民族工商业博物馆入选"博物运河"榜单、惠山泥人入选"美物运河"榜单、清名桥历史文化街区入选"夜游运河"榜单，等等。

无锡城南运河边的原无锡钢铁厂，近日又变身"运河汇"，成为大运河文化带上的文商旅新地标、无锡城市文化会客厅。"运河汇"项目重塑生产、消费、生活场景，"成功链接起艺术、创意、商业与生活，持续传达多元化、国际化生活方式的无限魅力，构建运河畔的精致生活样本"。

京杭大运河无锡段精华都在梁溪区内。根据《梁溪区大运河文化带和国家文化公园建设三年行动计划（2022—2024年）》，无锡梁溪区将打造环城运河景观长廊、实施环城古运河景观系统提升，修缮提升黄埠墩、莲蓉桥、西水墩和南禅寺码头，建设一批滨河步道、休闲驿站；还将通过对环城古运河、吴桥—江尖大桥、南禅寺—南水仙庙等三个集中展示带的建设，形成"串珠成链"的效应，充分展现运河无锡段在新时代的独特气韵。

作者简介 / 黑陶　　诗人，散文家。出生于中国陶都江苏宜兴丁蜀镇，现居无锡。出版过散文集、诗集多种。

常相伴

荆歌

我这个自小至今生活在运河边的人,对于运河,始终都没有产生审美疲劳。

上中学的时候,夏天我们几乎天天都泡在运河清澈的水里。每有大船驶过,我们就会游过去,吊住船舷挂着的大轮胎,让船拉着我们走。我们的身体被船拉得几乎要飞起来,在水里飞,要飞离水面,飞到空中。经常有人因为船速快了,裤子都掉了下来。所以每次去运河里游泳,我都会选一条有裤带的田径裤,把裤头牢牢系紧。

有些船上的人并不欢迎我们这样做。他们有的会提一支竹篙,过来做出要抽打我们的样子。这时候我们就会松手。更多时候,船上的人是看不到我们的。我们总是潜游过去,摸到轮胎的时候,才冒出头来。

在水里,让船带着走,真的是一种十分快乐的体验。水是绿绿的,喝进嘴里是甜甜的。这完全不是我的夸张,有时候还有鱼儿追着我们游,我们的脚能够感觉到被鱼嘴叮啄。还有蛇也会在边上出现,它们昂起头,在水面划拉出妖娆的波纹。我是怕蛇的,每次看到,都惊得松开手。而小伙伴明伏却反倒是喜欢蛇的,他说蛇不会主动咬人,而且水蛇是没有毒的,即便被它咬一口也没关系。

只要我们不松手,只要手不觉得累,船儿就能把我们带得很远。有人说,要是我一直不松手,明天就到杭州了吧。也有人说,往那边去,要是不松手,就到苏州了。苏州算什么?有人不屑地说,只要一直不松手,最后肯定是到北京。

然后,我们又吊上一艘往回开的船,让它带我们回家。

有一次,船开得太远了,天都不知不觉暗了下来。而在这个时候,要找到一条往回开的船,却久等不来。我们只得沿着河岸走回家。很长很长的路啊,在黑暗中走到家,又累又饿,却还要招来父母一顿臭骂。

那时候,小镇上还没有自来水,生活用水都要去河里打回来。去河边打水,是我们每天重要的工作。除了打水,洗衣服、洗碗、洗菜,也都是用篮子装了去河码头。那时候的河码头真是欢乐,是我们边干活边聚会的地方。我们因为有了这个理由,所以才有了欢乐的聚会。也因为有了这种聚会,干家务才不是一桩苦差事。

不知道是谁发明的,把筷子斜斜地射进水里,它就会反弹过来,从水里冒出来。射得越有力,反弹得越高。但若是角度掌握得不好,筷子飞出去就不再回来了。家里的筷子越来越少,双数变成了单数,母亲就会查问。实在无法搪塞了,自然就被一顿骂。

运河码头的石头上,有着厚厚的青苔。水里的石头上还吸附着一些螺蛳。不过我们对螺蛳不太感兴趣,经常会看见河虾,姿态好看得就跟齐白石画里的一样。于是就会伸出双手去捉。双手敏捷一点,运气好一点，就会捉到虾子。虾子在手里跳动，把它拧开，虾仁直接丢进嘴里，甜甜的，很是鲜美。

石缝里还有一种黑色的小鱼，我们叫它"豁壁鬼"，其实就是苏州一带大名鼎鼎的塘鳢鱼了。今天这种鱼很金贵，不能人工养殖，都是野生的。菜花开的时候，也就是吃塘鳢鱼的时节。肉嫩，味极鲜。今天只有少数几家高档苏帮菜馆，像新聚丰、老镇源，才会在特定的季节做两道菜，一是炒塘片，就是炒塘鳢鱼片。每条鱼只有两片鱼肉，一盘菜有多贵就可想而知了。另外一道是"豆瓣汤"，这道汤用的可不是豆瓣，而是取塘鳢鱼的两块面颊肉。因为塘鳢鱼面颊肉的形状跟豆瓣很像，所以才有了这个低调之至的菜名。这两道菜实在是太奢侈了，平常哪里敢吃。菜花塘鳢鱼上来的时候，最多就是买几条回家蒸蛋。塘鳢鱼蒸蛋要做得好有个诀窍，必须是先将鱼在油锅里爆炒一下再蒸，一来提香，二来是将鱼放进调散的鸡蛋里时，它就不会跳腾。如果它一跳腾，就把蛋浆跳散了。

我们只能徒手捉到河虾，却捉不到塘鳢鱼。因为它太机灵了。它黑乎乎的，几乎是跟石头一样的颜色。它也常常显得有些呆，贴着石头一动不动，给人的错觉是，好像你慢悠悠地将手伸进水里，就能把它捞上来。但是它太鬼了，只要你一触到它，它就闪电一样逃走了。其速度之快，简直要让人怀疑，它不是游走的，而是瞬间把自己变没了。

那时候我们家家都烧蜂窝煤。有次母亲让我和哥哥推着小板车去煤球厂买煤。煤买回来了，我们一身大汗。我们顾不得卸煤，就急急奔向河边，纵身跳进了运河里。买煤球找的零钱还在哥哥的裤袋里。等我们游累了，游畅了，回到家里，听母亲问找零在哪儿，这才傻了眼。摸摸口袋,是空的。天哪,钱一定是掉在运河里了!"还不赶紧去找!"母亲吼道。

我们看起来跑得很快,其实腿里一点劲都没有,倒不是因为游泳累了,而是觉得要找到钱根本没有希望。我们之所以装得很紧急的样子再次跑向运河,只是做给母亲看的。我们不敢违抗她。

神奇的是,我们竟然找到了那张五元人民币。它和一只海绵拖鞋一起漂在水面上。拖鞋是谁的我们不管,我们捞起那张湿漉漉的纸币,真是喜出望外。

运河真好啊,运河是一个拾金不昧的好同志。

年轻的时候我去过几次杭州,每次去,都是坐苏杭班轮船去的。那时候的运河,来来往往的不仅是货船,也是重要的客旅交通工具。名叫苏杭班,就往返于苏州和杭州之间,我曾经在一篇散文中把它称为"天堂号",上有天堂下有苏杭嘛。苏杭班是有夜航船的,黄昏的时候上船,在船上睡一觉,天亮就到了杭州,中途不作任何停靠。记得有一次我和几名震泽二中的同事带着一批学生坐上了这趟船,去杭州秋游。大家上船之后十分兴奋,聊天的聊天,打牌的打牌,嗑瓜子的嗑瓜子,没有一个人愿意睡觉。直到东方既白,大家才发现快到杭州了。

当了中学老师之后,有一年暑假,我和同事朱依东骑自行车,从震泽一直骑到苏州城区。这段公路,似乎始终贴着运河。我们骑行在陆地上,眼睛里看到的,却大多是水上的风景。有很长很长的船队出现,我们就向他们挥手致意。船上的人,于是高声喊着什么,还有人唱了起来,唱的好像是京剧吧。我们试着回敬他们,也拉开嗓子唱起来。朱依东是音乐老师,学美声的,他的嗓子从来都不需要话筒。他唱起了《我的太阳》。他的歌声真是响亮啊,船队上的人听到了,他们一定自惭形秽,不再唱了。等我们唱完,他们热烈地鼓起掌来。

我们骑到宝带桥,有点骑不动了,朱依东说,他的腿抽筋了。于是我们停车,在古朴的宝带桥上坐了下来。一坐下来,似乎就更累了,于是就躺下了。宝带桥是一座唐代的桥,是苏州境内最长的桥,也是中国现存古桥中最长、保存最完整的大型古代连拱石桥。它横卧在大运河和澹台湖之间的玳玳河口,美得叫人忧伤。仰面躺在宝带桥上,桥缝里的青草,除了清香,竟还有花的香味。我们看着云,看它们在蓝天上飘,它们在微风的推动下,轻轻地移动。这给了我们这样的错觉,仿佛我们是躺在一艘船上,这船在缓缓行驶,行驶在古老的运河上,它从何处而来,又将向何处驶去?不容多想,我们就都睡着了。在宝带桥上狠狠地睡了一觉,我们最后是被晒醒的。

后来,我长年居住在吴江县城,虽然通往苏州市区有了好几条公路,高架当然更为便捷,但是更多时候,我开车还是愿意沿着524国道走。这条公路,从松陵镇过尹山到苏州南门,几乎是贴着运河走的。开车走在这条路上,迎面而来的,是运河的柔美风景,一河满满的水,可以用一个"肥"字来形容。有时候河水似乎要漾上公路。而那些运河里的大小船只,都好像浮到了空中,是和我们的汽车在同一个高度上的。

打开车窗,风是湿润的,是带着水的清凉的。

常常有外地朋友来苏州,我会带他们去吴江喝酒。开车带着他们,沿524国道走,我总是会指着窗外说:"看,运河,京杭大运河。"他们就会惊奇地说:"啊,真的啊?"我就说:"还会是假的吗?"然后他们说:"真神奇!"

这时候我是很骄傲的,好像这条闻名于世的大运河,是我参与开凿似的。同时我也感到特别愉快,这种感觉与一个人独自看运河是不一样的。独乐乐不如众乐乐,大家一起沿着运河行驶,看着它丰沛的水,看航行其中的各式船只。船仿佛是被湿润的风推动的,我们也像是被这有着独特气味的风吹着走,云也在走。

生活在江南,真的随处都会与运河相见。无论是走在苏嘉杭高速公路上,还是沿G50高速走,不经意就会驶上一座大桥,然后看到桥下常流常新的河水,是运河的水啊!

曾经,一位在航运公司当领导的朋友,想安排我在运输船上住一个月,从松陵出发,一路北上,直到北京。如果还不过瘾,回到松陵后继续南下,直至杭州。他把这个计划,称为"荆歌大运河采风",他说,你住在船上,天天就在船上,天天都在运河上,船就是你的家,运河就是你的家。你一定会有很多不同的体验,会产生创作灵感。

几十年过去了,这个"采风"始终都没有实现。不过,它一直都在我的脑子里,好像总有一天会成为现实,甚至常常恍惚间觉得自己是不是已经走过了这一趟路程。

在我尝试写作儿童文学之后,忽然有一天,我想,为什么不写一个以运河为背景的故事呢?我曾经的计划,坐一艘运输船,以船为家,以运河为家,走上十天半月,这个没有实现的梦,为什么不把它变成一部小说呢?

也许挺有意思,也许会受到孩子们的喜欢。我为自己的这个想法感到激动。

许多时候,有些事,只要你想过要去做,它就会一直萦绕在你的脑子里,扎下根。也许一辈子都并不会真正地去实现,但它却属于你,

成为你生命的一部分,仿佛是真的一样。

在这部小说中,我设计了两个男孩阿龙和正峰,因为听大人说在江南的某个地方有一块大陨石,它是一块神奇的石头,躺在这块石头上所看到的夜空,星星特别大特别亮,这让他们产生了向往。正值暑期,运输船老大秋生无意间又提到了这块陨石,两个孩子便吵着要搭大人的运煤船去寻找。我设计让他们从徐州的邳县出发,一路南下,途经泗洪、高邮、镇江、常州、苏州等地,过白马湖,过长江,一路上看到了许多独特的风景,吃到了许多独特的美食,遇见了一些奇特的人与事,也触摸到了他们自己以及同行的大人平时掩藏着的心事。这一切的一切,都是属于少年的,属于运河的。运河和某些人的生活,就是紧密联系在一起的,运河也是这些人的生命之河。一路上,孩子们大开了眼界,他们的心智也在成长,学会了理解和宽容,更懂得了生活的美好也是伴随着艰辛的。这些,似乎都是拜运河所赐。经历了许多的情绪跌宕,经过了无数曲折,他们终于来到了古老运河边一座古老小镇,它叫平望。在平望的莺脰湖边,他们找到了这块陨石。他们不仅亲手抚摸到了这块神奇的石头,还幸运地看到了流星雨。在湖风清凉的夜里,一颗颗流星划过夜空,这是多么壮丽的景象啊!两个男孩无比感动,在星空下各自许下愿望。这趟运河之旅,是他们少年时光的诗篇,是他们终生难忘的一个暑假。

我给这本书命名为《感动星》。写作它的过程是愉快的,我在键盘上走回少年,用无羁的想象贴近运河,航行于运河之上。说它是我的母亲河,一点都不为过。它是熟悉的、亲切的,永远都流淌着柔情,水是清澈的、丰沛的,它既是我的过去,也是我的今天,它一直都离我这样地近,却总是读它千遍不厌倦。它给我想象,给我灵感,意外地让我在一本少儿长篇小说里酣畅淋漓地又与它亲近了一场。充实、飞扬,虚构的冒险,饱满的成就感。这本书是运河和我共同创造和完成的。《感动星》也许会是我少儿小说中最好的一部,成为我的代表作也未可知。所以我必得要感谢运河,这条长长的,在历史的风吹雨打中始终畅通无阻的京杭大运河,它既是单纯的河,又是丰富复杂的,它激发灵感,成就梦想,它运载的不仅是古往今来的船只,也是永无休止的沟通,永远的出发和抵达。

前天去吴江参加一个晚宴,开车跟着导航走,接近终点的时候才发现,原来菜馆就在三里桥边。

好久没看见三里桥了,这座京杭大运河上的古老石拱桥,初建于元代,光绪十一年重建,作为大运河附属文物点,它被列为全国重点文物保护单位。三里桥曾经是我经常散步走过的。那时候谈恋爱,没有酒吧也没有咖啡馆,电影也不常有。最浪漫的就是在月下散步了。月亮既在三里桥的上空,也在它正圆的桥洞里——说它是圆的,因为半个圆在水上,半个圆在水里。运河水摇晃着月亮,把它晃成一片碎银,也摇晃着桥的倒影,仿佛桥是在扭着腰肢跳舞。今天这里建成了三里桥公园，郁郁葱葱的树木，簇拥着三里桥，也像一条绿色丝巾，围在了运河的颈间。运河变得年轻了，它干干净净的。在餐厅的窗口，我听着运河的水声，看着高高的三里桥，恍惚回到了自己年轻的时候，仿佛看见年轻的自己，在月色下亲吻心爱的姑娘。

作者简介／荆歌　　号累翁，小说家，画家。出版有长篇小说《鸟巢》《爱你有多深》，中短篇小说集《八月之旅》《牙齿的尊严》，儿童文学作品《诗巷不忧伤》《芳邻》《音乐课》等。曾在杭州、苏州、宁波、成都等地举办个人书画展。

在拱宸桥上

陆春祥

我已经在拱宸桥畔的运河边住了整整二十年。

在拱宸桥上,我曾无数次伫立四望而遐想。今夜,月光如桥下的流水般明亮,万千条柔嫩柳枝轻撩着夜的河面,柳枝调皮地深入河的身体,河水则无声浸润着柳枝,它们默契得如三生三世的情侣,以时令为暗语,相偎相依。春风骀荡,轻拂我脸,浓郁的春香,让人心驰神迷。喧闹的人声已不能打扰我,此刻,我详细打量着拱宸桥的东西南北,二十年来,从来没有这般仔细。月光与流水默默作伴,我则要接天接地接时空,与拱宸桥作长长的对语。

一

朝南望,前方慢悠悠驶来一艘船,船头挺立着一位意气风发的年轻官人。

明万历六年(1578年)四月,江南旺盛的春已近尾声,32岁的浙江临海读书人王士性,早已将一切行李收拾停当,即将北上任职。此前一年，他终于金榜题名，被授予河南确山县知县。对山水历史人文痴迷的王士性，从临海出发，经宁海、奉化，穿宁波，过绍兴，这就到了杭州，观景，吟诗，喝酒，待将欣赏杭州主要美景的瘾头过足，王士性便一身惬意从武林门上了船，沿运河一路向北而来，他将要一展宏图。

船过湖墅，他站立船头四望，运河两岸繁荣的场景让他感叹：

杭城北湖州市，南浙江驿，咸延袤十里，井屋鳞次，烟火数十万家，非独城中居民也。又如宁绍人什七在外，不知何以生齿繁多如此。而河北郡邑乃有数十里无聚落，尚不及杭城南北市驿之半者，岂天运地脉旋转有时，盛衰不能相一耶？

王士性是与自然地理学家徐霞客齐名的人文地理学家。他的观察，多了一分思考：杭州城北，湖墅这地方，方圆二十里，为什么如此繁荣呢？原来，这里是京杭大运河的终点，南宋时就称为湖州市或者湖市，杭州重要的商业区。南宋吴自牧《梦粱录》载，公私船只泊于城北众多，北关、半道红、湖墅、江涨桥等地，码头鳞次栉比。两岸居民屋舍稠叠，码头边市舶舣聚，河中来往船只穿梭不停，王士性望着这满河满岸的喧闹，记忆深刻，将其写在《广志绎》卷四《江南诸省》的浙江篇中。

三千里外一条水，这水就是杭州繁荣的运河。白居易、苏东坡、日本的成寻和尚、意大利的马可·波罗，这些古代中外名人是如何到杭州来的？一定是在运河船桨的欸乃声中坐船到达。

其实，王士性看到的湖墅繁荣，已延续了近千年。繁荣因水而兴，它起始于隋朝凿通的大运河，千里大运河，直抵杭州城北，后又与钱塘江沟通，杭州就成了连通中国五大水系大运河的起点。

运河杭州段虽只有39千米,却使杭州成为了东南名郡,而杭州城北的湖墅运河,短短的12千米,却"南通闽越,西跨豫章,北连吴会,为往来孔道"(清代《北新关志》)。在大运河的版图上,湖墅虽是一个小黑圆点,不过,如前述,我们不能小看这小圆点,南通,西跨,北连,四境之百货汇集于此,八方之商贾辐辏于此,能汇集,就能散发,这个圆点其实是中国版图上的一个重要枢纽。再打一个比方,大运河犹如一台精彩的大戏,杭州湖墅就是用来压轴的关键,最后的高潮收尾处。

我以前开车去体育场路的报社上班,常走湖墅路这条线,信义坊、卖鱼桥、仓基新村、米市巷、半道红、密渡桥、富义仓,每当看见这些与运河有关地名,脑子就会不由自主闪身到千年前繁忙的场景中去。

二

月光将我从历史钩沉中拉回。

耳旁响起高跟鞋触到青石板的橐橐声,一下一下,沉重有力,我担心,穿那样的鞋行走拱宸桥,容易跌倒,我知道,桥上的青石板,都有饱经沧桑老人般宽大的胸怀,不会计较那些鞋的不礼貌敲击。现在,我从朝南方向转身,向北眺望。

右前方,杭州师范大学附属第二医院(简称市二),一个大大的院子,里面有三幢别致的红楼,从那三座楼,一直到我住的左岸花园,原浙江麻纺厂地段,皆有着沉痛的历史。

1894年9月17日下午的黄海大东沟海域,日本联合舰队与清政府花数百万两白银打造起来的北洋水师激烈交战,号称亚洲第一的北洋水师,遭受灭顶打击,清政府被迫签订了屈辱的《马关条约》。条约的第六款中有在"浙江省杭州府开设通商口岸",杭州一时陷入了恐慌与愤怒,城北的拱宸桥一带随后就成了英、美、意等国的公共通商场与日租界,范围大致为:南自今日登云桥,北至瓦窑头河,西至运河,东至红建河至湖州街,直三里,横约二里。

"杭州关税务司署",时称"洋关",就在市二院子中,它是日本人在拱宸桥附近运河边设立的检查机构,此关与其他口岸的海关一样,以税务司为首的洋员掌握了一切大权,重要职位全为洋员占据。洋关由A楼(税务司)、B楼(海关办事处)、C楼(帮办人员住宅)、D楼(码头检货厂)等组成,占地两千余平方米。我们现在能看到ABC三幢红颜色的楼,显眼得很,红楼好看,但一般人不知道这另类的建筑却饱含着民族的耻辱。从1896年5月设关开始,一直到1945年8月民国政府接收海关止,拱宸桥的日租界,实际存在时间长达整整五十年。

宇野哲人，近代日本新儒家学派代表人，汉学家，他年轻时曾游历中国两年，到过拱宸桥，留下这样的印象文字：

拱宸桥在杭州城北大略二里处，乃往来沪杭及苏杭船只之集散所。其内除中国街之外，有各国租界，而我日人专管租界在河之下游。同于苏州，此租界亦为二十七八年战役（中日甲午战争）后获得之成果。

宇野哲人的描写虽平实，却不乏炫耀心态。

抗战烽火烧到江南。1937年11月22日，丰子恺开始了长达十年行跨十余省的艺术逃难。当夜，他携家人从老家石门湾坐船至拱宸桥下，无奈将心血之作《漫画日本侵华史》草稿扔进运河里。他在《艺术的逃难》中这样写道："似乎一拳打在我的心上，疼痛不已。我从来没有抛弃过自己的画稿。这曾经我几番的考证，几番的构图，几番的推敲，不知道堆积着多少心血，如今尽付东流了！但愿它顺流而东，流到我的故乡，生根在缘缘堂畔的木场桥边，一部分化作无数鱼雷，驱逐一切妖魔；一部分开作无数自由花，重新妆点江南的佳丽。"

我住了二十年的左岸花园，就在日租界的中心位置。

小区北门连着瓦窑头河，运河的支流，我和四岁的孙女瑞瑞常去瓦窑头河边看那只白鹭。大部分时间，那只白鹭都在河对岸脚的水边伫立，偶尔盯着河边，来往移几步，它的对面，每天都会有不少"垂纶者"（瑞瑞会背胡令能的诗，将钓鱼喊作垂纶），白鹭与"垂纶者"们，互不打扰，各自安详。

我们坐在椅子上，头上有新柳垂下，瑞瑞抬头，喊它"绿丝绦"，柳条一天天变粗，也变得越来越柔软，瑞瑞常要去抚摸，贺知章的《咏柳》，她很熟了，路边所有的新叶，她都叫"二月春风似剪刀"。经过一块牌子，瑞瑞问：这是什么？她问了，我就得解释，尽管她不懂，我说：这河叫瓦窑头河，这里原来是浙江麻纺厂的厂址。瑞瑞不再问了，我脑子里却想起这个"亚洲第一"的浙麻，20 世纪 50 年代，浙麻上缴国家的利税要占杭州财政的八分之一。浙麻地块 2000 年拍卖的时候，曾在杭州引起轰动，所以，左岸花园跟着浙麻就出了名。

这里的历史再往前想，不想了，它就是宇野哲人笔下的租界。瑞瑞，我们再向前走吧，走到红建河边湖州街口再折返。

三

这种回忆，让人心中有些发疼，脚心生凉。

忽听得拱宸桥东面广场，音乐骤响，杭州要开亚运会，这里几乎每晚都有数千人聚集，一个个群体，几十数百人，大伯大妈们广场舞的此起彼伏，迅速盖过了我的暗自悲伤。我又转身，面朝东，左边是拱墅区政府大楼，右前方为运河博物馆，底楼为大型生活超市，我常去。右边那座叫"荣华戏院"的戏楼，那里面传出高亢的唱腔，似乎要直抵云霄。

与香港的开埠一样，本以为有些荒凉的拱宸桥边，一下子涌进了许多淘金者。1895 年，天仙茶园在众人注目中开张。十来年后，拱宸桥东已有了天仙、荣华、丹桂等著名茶园。1908 年 5 月，江南渐热的天气中，英国人斯蒂文森来了，他一看这热闹的码头，来来往往的商船，立即决定，他也开一家茶园。他似乎谙熟中国文化，将茶楼取名"阳春外国茶园"。这斯氏，到底见过世面，脑子活络，茶楼开张时，动静颇大，留声机高声唱起来，美女舞跳起来。最关键的是，他将刚发明不久的电影引进，人在银幕上跑来跑去，活灵活现的影像。据说，引得杭州人竞相涌向拱宸桥，万人空了巷，阳春茶园因而成为浙江第一场电影的首映地。

说是茶楼,主要吸引人的却是唱戏,戏是茶楼的经济主命脉,各茶楼都使出浑身解数,邀请名角,名角的唱腔响起,茶客自然脚不踮地跑来。

唱腔最先起自谭鑫培浑厚的高音。

谭鑫培的父亲是京剧老旦。艺名"小叫天"的少年谭,11岁随父亲进京,15岁开始出科,光绪十年(1884年),谭自组同春班,六年后,被清廷选为内廷升平署民籍教习,在宫中演戏。至20世纪初,谭已经成为京剧界最著名演员之一,时有"无腔不学谭""满城争说叫天儿"之美誉。光绪三十年(1904年),谭大家到杭州献艺,地点就在拱宸桥畔的阳春茶园、天仙楼,《定军山》《空城计》《李陵碑》《秦琼卖马》,杭州人一场场戏看得过瘾,茶楼老板的银子如桥下的运河水,不动声色汩汩而来。

拱宸桥边茶楼的好戏接连不断上演。

谭鑫培杭州献艺后的两年,"红生鼻祖"王鸿寿也来了。与谭鑫培、汪桂芬合称老生"新三杰"的著名京剧老生孙菊仙,梆子腔花旦鼻祖"十三旦"侯俊山,被称为"中国第一戏剧改良家""梨园编剧第一能手"的汪笑侬,越剧名角姚水娟、筱丹桂、袁雪芬等名家大角,都在拱宸桥畔天仙茶园、丹桂茶园的舞台耀眼登场过。

四

明月从高空似乎向桥上有些移动过来,东边广场上的人流渐渐少下去了。由南,到北,再往东,我的眼光从荣华戏院收过,开始注视脚下的拱宸桥,这是一座什么样的桥呢?

这座杭州市现存最宏伟的古石拱桥，关于它的建筑年代有几种观点，皆各有依据：其一，明末商人夏木江倡建（康熙《杭州府志》）；其二，明末举人祝华封倡议并募资集建（康熙《钱塘县志》）；其三，张士诚开新运河至此，水流湍急，遂建桥以平缓水流（民间传说）。

不管什么人建的桥，总之，作为运河上的一座重要桥梁，"拱宸桥"这三个字在明崇祯四年（1631年）开始出现了。它具体的寓意呢？"拱"即两手相拱呈弧形恭敬迎接，自然也有拱卫围绕之意，"宸"乃帝王宫殿，京杭大运河杭州终点的这一座石拱桥，随时恭迎圣驾，谁敢说不好？然而，名拱宸，命运却是多舛，它曾不停地毁建。顺治八年（1651年），桥塌。康熙五十年（1711年），浙江布政使段志熙倡议，僧慧辂募款重建，六年后竣工。不久，桥又出现裂缝，渐至坍塌。雍正四年，浙江巡抚兼两浙盐政使李卫，率官员捐俸重建。次年，桥修成，刚升任浙江总督不久的李卫，还写下《重建拱宸桥记》加以说明。咸丰以后，历经战火的拱宸桥又坍毁。光绪十一年（1885年），杭州人丁丙主持重建。

丁丙修桥，他自己留下的记录不多，我只知道，我现在每天走过的拱宸桥，就是他1885年主持修建的：桥长二十一丈四尺，广一丈三尺，桥下三洞，中洞广四丈六尺，左右洞广二丈六尺。从桥东到桥西，七十几米长的桥，虽是拱桥，有一定的弧度，但走上走下，要不了两分钟，如果跑上跑下，一般人也会在十秒左右。几百年来，来来往往的人们，不太会去打探桥是如何建造起来的，拱宸桥只是他们脚下的渡河工具，甚至工具也谈不上，只是平常的地与地的连接而已。四米多的桥面，首尾相接，也站不下十个人，如果现今行车，也只能是单行。桥上的人们，顶多伫立一会，朝南面看看，南来的行船钻过桥下的中洞，或者，再转个身，朝北面看看北来的行船钻过桥下的中洞，懵懂孩子有时会惊呼，因为他们发现了移动的船舷边，有黄狗仰头在和他们打招呼。

然而，正因为持久的平常，普通的拱宸桥才从交通要道、地理坐标，演变成了今日意义之博大与凝重。北郭，北关，湖墅；愤怒，悲伤，疼痛；热闹，繁荣，富庶。拱宸桥就是由无数个关键词垒叠铸就的大名词，响亮而丰厚。京杭大运河杭州终点标记拱宸桥，已经成为杭州城北千年历史总承载的重要印记。

五

这一夜，我和拱宸桥相看两不厌，上下古今，聊得好畅快。

夜已深，披着月色回家。

又是一个春草勃发的日子。我和瑞瑞站在运河边，大声诵读"暮春者，春服既成……咏而归"。柳枝随风婀娜拂动，白鹭时而横江。

前方就是拱宸桥，我看见杭州亚运会吉祥物宸宸、莲莲、琮琮正在桥上四周腾跃而举手，向来往行人热忱招呼。有大白游轮，穿过中洞，大鸣数声，长风破浪，向我们突突突而来。

作者简介 / 陆春祥

中国散文学会副会长，浙江省作协副主席，获鲁迅文学奖。

流水经过的庭院

草白

一

没有人会比运河上的驳船更了解这条河流的细节与走向，它的宽阔深邃、吞吐万物，它在阳光下的波痕与微光——任何时候都在吸引试图靠近它的人。某一天，漫游者跳上一艘船头尖峭、船体扁平、船尾上翘、形似蚱蜢的小舟，从历史深处一路穿梭游荡至2023年秋天。

船过姑苏城，小舟轻晃，柳丝低垂。初升的太阳给河面和两岸树木镀上一层金边，更有秋风衰荷、群雁南飞，宛如古唐诗场景的再现。

大运河进入嘉兴境内第一站便是素有"中国织造名镇"之称的王江泾镇。镇上河网如织，旧时居民出行皆坐船，农业上盛产莲藕和水稻。大运河宛如绵软的丝绸铺陈、流泻于大地之上。某些时刻，它呈现缓慢的流速、踌躇的身影，让人想起时间最本质的面孔——当靠近流水及低处时一切都变得舒缓、松弛，这也符合广义相对论所探讨的时间真相。

漫游者眼前出现一座巨型三孔实腹石拱大桥，中间一孔更为高深，左右两孔呈对称排布，远望如长虹卧波，又似垂天之翼。这便是大运河上鼎鼎有名的长虹桥。水波的流动与石桥的庄严静谧在漫游者内心激起波澜：没有比石桥更能触动流水的心弦，不是单一曲调的循环往复，而是万物在此齐奏磅礴交响。

长虹桥不仅是水上舞台，也为两岸绿树繁花搭起云梯，人们通过它可自由往来左右江畔。桥长72.8米，宽4.9米，桥上长条石阶共57级。石墩、石缝里皆有野草野花蹦出，它们悬于流水之上，热烈而苍茫。穿越桥洞，既可舍舟登岸，去镇上茶馆消遣一二辰光，也可逆水而上。

桥西堍有庵名"一宿"。据说乾隆皇帝下江南时曾在此留宿一夜，因而得名。庵前有古银杏，庵外植大片荷塘，碧荷秋老香犹在。天空、河面、日暮夕光下的船桨击水声，多少往事被唤醒。

大运河王江泾一段，最可流连盘桓的大概还属长虹村内的"陶仓艺术中心"，砖红建筑屹立在田野之上，静默而纯粹的背景将建筑的主体精神凸显无遗。陶仓与镇上的陶姓大户相关。据陆明先生《王江泾杂记》记载，陶家祖上原为北宋汴梁富豪，靖康之变后南渡来禾。陶家既为富豪之家，也是首善之家，长虹桥上的精美条石便出自陶家手笔。20世纪四五十年代陶家没落后，陶家大院旧址上建起两座仿苏式建筑的大粮仓，为混凝土的连续拱结构，便于村民储存谷物。

待粮仓谢幕，"陶仓艺术中心"诞生，集民宿、咖啡馆、青年公寓、艺术家工作室于一身，是古老土地上长出的新型建筑群，既是产业的迭代升级，也是时间内部的秩序使然。是运河的流水将远方事物带至人们身边，将艺术的殿堂挪至田野乡间，将一切空间融合、贯通，却专注于此时此刻。

漫游者行走在平坦、宽阔的大地上，邂逅夕阳下的陶仓红砖墙，通体红光，宛如灼灼芒焰，热烈、庄严、肃穆之感油然而生。它与周遭一切融合无碍，宛如大地上的"丰碑"，宛如时间内部的仓库，贮存与逝去，欢歌与宴饮，生命中的暗潮与迷失只是暂时，一切都将在流水中获得新生。

二

船过王江泾，河面平坦、宽阔，均宽七十米。一路轻舟缓行，再往前便是嘉兴城北的穆湖森林公园了。园内水深林阔，运河之水与穆湖溪水汇合，树香与花香萦绕，淡淡幽幽，好似划至密林深处。船过森林公园，再往前不远便是杉青古闸了——这也是苏州塘的起点，当年嘉兴人朱彝尊沿运河北上，舟过此闸，深夜写下诗句"夜半呕哑柔橹拨，亭前灯火落帆齐"，将落帆亭和三百年前的灯火一起收入《鸳鸯湖棹歌》里。

闸西侧有落帆亭，意为舟船经闸门需落帆才能从此驶过。此亭修建于河闸堰上，既是落帆处，也是过往商贾旅客的休憩之地。如今，运河航道改向，杉青闸废，落帆亭经屡次修葺，早已变身为一园林景观，既可让市民休闲锻炼，又能供怀古凭吊者寄予幽思。

漫游者决定上岸。岸边有中年男子坐于马扎上垂钓，边上蹲着一只橘猫，眯眼呆望着一起一伏、波光粼粼的运河水。男子告诉漫游者，所钓之鱼只为充当猫粮。对面落帆亭里还有十几只野猫，此猫一旦取了食物便会广而告之，如此，群猫必汹涌而至。男子说完，哈哈大笑，颇有隐逸者的风度。

漫游者告别猫与垂钓者，寻落帆亭去了。亭子被一个封闭的院落

所管辖和庇护。门口空地上一大丛兰花草正开得如火如荼,蓝紫色花瓣附着在翠绿色茎杆上,随风摇曳。门左右各植一株婆娑桂树,深秋的花朵还在奔赴途中。木门上悬陈旧告示:早六点开放至晚八点。月牙形门洞上又题"运河画院"字样。进门只见古树参差,灌木丛生,又有假山流水、亭台楼阁以及满池绿荷相倚。一路曲折回旋,柳暗花明,空间于行走中次第打开。有老者于亭内美人靠上憩坐、把玩手机,边上是萨克斯金黄色的铜管,不远处的石凳上还落着一串无主的钥匙。更多人聚于一个类似廊庑的空间里,正在练习太极推手。除了园内土坡上的"羞墓碑记"以及题为"嘉禾墩"的大石块,漫游者并未找到题为"落帆亭"的亭子,也无野猫踪影,问一位刚练完推手的老者,老者无奈告知，园内有两座造型仿佛的亭子一座为太白亭，另一座便是落帆亭，俱无题匾。

"羞墓碑记"记录的是西汉时期朱买臣马前泼水的故事。"嘉禾墩"更是嘉兴得名之始。三国吴黄龙三年，人们在落帆亭后嘉禾墩所在地发现"野稻自生"处，遂将"由拳"改名为"禾兴"，第二年又改为"嘉禾"，后更名为"嘉兴"，并沿用至今。一座城市的名字与一株植物相关，它不是普通植物，而是改变人类生息方式的水稻。而这一切都与脚下土地息息相关。

如今，"嘉禾墩"已被注册为品牌大米商标。

漫游者离开时才发现这院内竟收藏了如此多大有来历之物，它们属一座千年古城的前世记忆，后来者尽可按图索骥，找寻被衰草残碑所掩藏的蛛丝马迹。

垂钓者和猫俱已踪影全无，只留钓线甩出的些许水迹残存在河岸之上。秋日和风中，漫游者再次跳上舟船，水波晃动，船体也随之摇晃不休，几次调整之后，才慢慢向着既定方向悠然划去。

三

舟过端平桥，经芦席汇，分水墩近在眼前。它为河中小洲，系一橄榄形小岛，于高空俯瞰又似一艘泊在河中的舟船。分水墩的水利作用在于分流，调节运河水位及速度。当水利用途消失后，它便成了一条被搁浅的船，主人早已上岸离去，留它在这千年运河水里荡涤。

运河一入嘉兴城，便四处奔走、漫溢、飞驰而去，固有的河道管不住它——有那么多四通八达的水路，宽阔的环城河，细小的支流，它们或平行流淌，或纵横交错。至此，流水的线性模式被打破，它变得宽阔、丰富、多元,如果说水网密布的嘉兴城是一片叶脉清晰、饱满生动的树叶子,那运河是主脉,其余大小河流皆为侧脉和细脉,它们错综交织,孕育出一地的繁华与生机。

船过北丽桥,两岸人影灯影渐起,耳边繁弦急管响起,食物香气飘飘忽忽而来。灯火漫卷的市井图舒缓展开。此处便是月河历史街区无疑了。它在原有古运河、外月河、里月河等三河以及中基路、坛弄、秀水兜等三街基础上,整修、融合、连通、重塑而成。粽子、鲜肉月饼、八珍糕、南湖菱、文虎酱鸭、汾湖蟹、杭白菊、蓝印花布、槜李。它们是此地特产,也是大地与流水的馈赠。

漫游者自荷月桥畔下船,此处曾是古运河流到嘉兴市区最宽阔处。据传宋朝嘉祐年间,知州令狐挺在此开辟池塘,遍植荷花。此刻,除了遥远天际所铺的玫瑰色云霞,眼前并无荷叶与花瓣的踪影。一路行来,月河果然是夜间最美,周遭物什隐去,只留一处灯光漫溢的舞台,各色人等纷至沓来。不问出身来历、祖籍故土,皆逐流水而来,又随流水而去。

运河之水拍打月下阶石,一家叫邹大鲜的餐馆内部居然也有"小桥流水",也有挤挤挨挨的荷花池,仿佛仍在水上,仍在舟里。

小巷、古桥、狭弄,纵横交错,于夜色中闪耀或隐匿。漫游者离开食肆,或石板路上游荡或路边座椅上小憩。为寻秀水兜67号文字学家、金石学家唐兰先生故居,却误闯至中基路花市,空气中有一股淡淡的青草香,含秋的清冷与温暖。那些待放或已绽放的花卉仍在水桶里继续开放下去。鲜花的昂贵大概在于其不可保存性,它要与时间,与转瞬枯萎的命运赛跑。

离开花市,穿过鱼店、茶馆、糕点坊,拨开夜的重重暗影,终于找到秀水兜67号。未想到这两层砖木小楼里仍有居住者，青砖地面，暗色木墙，一位头发花白的老妪背坐在八仙桌前，纤瘦的身形好像随时可遁入历史暗角。这大概是月河街区里唯一还有居住者的"名人故居"吧。

从前，月河人家的窗下都是河，出门都有小船随行，人们在水声里入梦和醒来。月河往南，便是环城河了，那也是运河水系的一部分。南湖更是与古运河紧密相连——湖心岛便是由大运河挖掘出的淤泥堆叠而成，它类似现代交通体系中的"环岛"，水流在那里实现大汇集、大沟通，再奔赴各自的航道。

彼时，这个城市水网密布，翻译家朱生豪家门前就有一条通济河，通西南湖，也通南湖。朱父是米商，他家所住的东米棚下南端为近代米市所在，那里有四通八达的河道。朱生豪故居前有雕塑家陆乐先生的作品"诗侣莎魂"，这对患难情侣身体相连，宋脸庞微侧，朱深情凝视，似在喁喁私语。雕塑身上的起伏与皱褶好似运河水的波澜，也可比拟现实人生的曲折跌宕。

出朱生豪故居往北，行至环城南路703号便是范蠡湖了，相传为范蠡助越王勾践雪会稽之耻后，携西施泛舟五湖之隐居地。原本湖面开阔，属西南湖的里湖，现只剩下围墙内一瘦小湖泊。这个城市遍地都是与西施有关的记忆，她吃过的李子叫檇李，登过的城楼叫望吴楼，走过的桥叫望吴桥。人们还在她学过刺绣的运河边，建造学绣楼和学绣塔。

西施妆台临水，远望如一座典雅的水榭。妆台左侧为一株八十年树龄的枫杨树，右侧为另一株同样树龄的榉树，榉树的左边是蜡梅，右边依次为鸡爪槭、石榴和紫薇。如果落雪天来此院落，这一株蜡梅怕是会大放异香、让人为之深深迷醉吧。园内除檇李亭及亭旁所植嘉兴名果檇李十株外,还有仿古建筑吴越轩、金明寺遗存前殿以及满池荷花。四季都有人来,既为了美人,也为了聆听树林风声、雨打残荷声。

四

月河往南,入环城河,经西南湖、范蠡湖公园一带,大运河的水域再度变得开阔。岸边林木成荫。漫游者仰躺在船板上吟唱着秋日之歌,船身载浮载沉,眼前所见惟有深蓝天穹,耳畔所听惟有运河水声。

而天空与水与周遭之空气,好似同一物质的不同变体。德国作家赫尔曼·黑塞曾与李太白、杜甫,与笔下的克林索尔一道在精神世界里漫游,他在一篇叫《山隘》的随笔里写道,"全世界的水都会重逢。北冰洋与尼罗河会在湿云中交融。这古老美丽的比喻让此刻变得神圣。即使漫游,每条路也都会带我们归家。"此刻,舟中的漫游者也感受到万物归一的东方心境。

河流带来码头、城镇、集市,也带来离别、羁旅、江湖。水上的时间和陆上是不同的。或许不是缓慢和迟滞,也非日夜不息的奔流,而是时空转换带来的浸淫其中以及超然物外。

沿河石头牌坊一一浮掠而过,当岳王祠前的四柱三门映入眼帘后,血印禅寺也近在咫尺了。嘉兴民间关于血印和尚舍身救人的故事家喻户晓。寺前石牌坊西柱上的血色图像仍赫然在目,本地人对此充满感佩、崇敬,以至念念不忘。

过血印寺,往前便是古运河转角处,赫赫有名的三塔立于此。河面之上忽然升起三座八角形塔楼,主塔为高,左右两座略低,船上之人自看到它们的那一刻起目光便热切追随之,内心升起某种近乎宗教般炽热的情愫。相传古时此地为白龙潭,水深流急,事故频发。一名叫行云的和尚运土填潭，建塔三座以镇"白龙"，并在塔边建寺。有了塔寺庇护，行舟之人好似获得护身符。民国时，三塔曾登上美国《国家地理》杂志封面，将流水的声名传播至海外。

如今的三塔为新世纪后重修，只有塔旁竖立的纤石上仍可见当年纤绳勒出的真实凹痕。深秋的三塔路，最吸引眼球的莫过于艳丽、闪耀的银杏树，待落叶缤纷时，整条路面满地翻黄、流光溢彩，宛如"满园银杏落秋风"胜景再现。

古时送客者送到三塔，便该拱手别过了。至此，大运河真正出了嘉兴城，前方不远处便是桐乡石门镇了。大运河在石门镇转了个近乎120度的大弯，流水纵贯全境，人家尽枕河，街道也依水而筑。丰子恺的缘缘堂便筑于运河之畔，砖木结构，青砖灰瓦，他几乎将此生活空间当作一生情感及审美的寄托，"缘缘堂构造用中国式，取其坚固坦白，形式用近世风，取其单纯明快。一切因袭、奢侈、烦琐、无谓的布置与装饰，一概不入。全体正直。高大、轩敞、明爽，具有深沉朴素之美。"

这些临水的院落不仅是砖瓦木料，也是特殊场域里美与空间的融合，是记忆与经验所能呈现的最好样式，更是一个人在世间漫游所感知和领受到的一切。

作者简介 / 草白

作家。著有短篇小说集《照见》，散文集《童年不会消失》《少女与永生》等。获联合文学小说新人奖短篇小说首奖、《上海文学》奖等奖项。

流经南方的运河

赵柏田

一

桥是古桥，满身都缠着藤萝。河更古，汩汩地不知流了几千年。先前河上没有闸的时候，每逢涨潮，海水一直要进到源头的高坝。打从我记事起，节制闸、五洞闸等都已筑起，只能从城中老人们的言谈中想见那种潮如奔马的壮阔了。那一日去看河，渐渐近了，仿佛那河就逶迤着迎面撞将过来。

溯着河源走，大河就成了一匹洗练的长卷，而那河中的每滴，都是多少个世纪里江南才子的精魂凝成。一长串驳船打老远驶来，清越的马达声迅疾犁破水面。恨不早生八百年了，和放翁先生斜风细雨从山阴道上下来，谒芦山古寺，看大河潮落，当参差邻舫那些瘦精精的船家拔篙高喊："开船喽……"就可卧听满江柔橹的欸乃声了。

河跌跌撞撞到了余姚城西，往南往北各伸出一支，把城郭给搂抱起来，中间一支主流径直穿城而过。在 1778 年乾隆年间绘制的"双城图"上，南北双流如同两只硕大的耳廓，围拢、倾听着来自四乡村落的民间风雨声；又像煞两枚掰开的豆瓣，系连南北双城的石桥，便是这豆瓣间的小芽儿了。

江是姚江，桥是通济桥——人称浙东第一桥的便是。这桥所处的河湾，乃是迤逶数百里的杭甬运河中的短短一程。

二

那日在绍兴，车过钱清镇，车子一侧一晃而过的山阴古水道，19世纪50年代李慈铭去杭州不止一次经过的吧，也是在这条人工和天然混血构造的长河里了。

我们对世界的认识，总是从周遭开始，如同宣纸上的一滴墨，一点一点洇染开去。这古旧的河道，曾是我人生初年的地理坐标，我曾经无数次让它在纸上流过：

"冬天，这条河穿过我所在的城市，像一柄闪亮的刀子，水落石凸，薄冰在阳光下丝丝消融。穿着臃肿的人们匆匆在桥上走过。这条河过去的荣光随着大时代的逝去已无可挽回地失落了，'落日残僧立寺桥'，空茫的眼里秋云如涛，不见古人……河出三江口，陡地恢复了流出四明山夏家岭时的浩瀚大气。河面拓宽至百余米，平波之下，狭澜深潜，汩汩流动似四明大地的脉搏。20世纪80年代末春夏之交的一个雨夜，我顺江而下，走了百里山路。幽亮的河水在车厩大桥下撞出訇然巨响。我划亮一根火柴，大风中，掌心围拢的一点火光照见了通向河姆渡边那个古老村庄的道路。"

千年之前宋朝的一个春天（淳熙十三年三月），山阴人陆游将赴严州任新职，行前沿着这条水道来明州拜访史浩。自山阴买舟东下，渡曹娥，循姚江，而至明州三江口，这条线路陆游早就烂熟于胸。二十

年前他就经这条水路造访过这座海边的城池:"晴雨初放旋作晴,买舟访旧海边城。"

它更早的源头又在哪儿呢?隋唐?东晋?吴越争霸的春秋(传说中"商山四皓"之一的大里黄公就归葬于这条水道的东段)?遍翻史籍,有一个名字跳将出来:贺循。他是晋室南渡后会稽郡的内史(地方行政长官)。史载是他把山阴古水道经萧山开凿到了杭州。此正为浙东运河的前身。

及至隋炀帝时代京杭运河的贯通,这条有交通、物宜、军事之便的古水道一下从区域范围跃入了全国版图。大河滔滔,烟波里出没着多少文士、剑客、投机商、得意或失意的官员。更有无数的货物往来其间,漕粮、盐、棉花、瓷器、铜镜,还有剡溪产的藤纸——风雅如王羲之这样的官员常拿它作送朋友的礼物。

在20世纪90年代完成的小说《明朝故事》中,我曾借小说原型徐渭的视角，描绘这条河在黄昏时分的景致。当然，那不过是童年记忆的一个摹写。

"太阳渐渐地西斜了，一种叫黄昏的东西在天边铺展开来。它仿佛是有重量的，压得那些鸟都敛着翅膀低低地飞，压得人的心里头一沉一沉的。史生站在船头，听着船剖开水路的哗哗声。他发现，整条江以这水路为界，分成了动静分明的两部分。一边是墨绿的静得像正午的猫眼。而另一边，半江的水烈烈地燃烧着，一派彤红。"

三

现今的杭甬运河，更像是京杭运河流经杭州后向着海洋的一个诉求。钱塘江虽在杭州出海，但杭州向无像样的海港。这段运河西起杭州钱塘江北岸的三堡，中经绍兴、宁波，于镇海甬江口入海，它把京杭古运河向东延伸五百里，正是为了让海边的商贸之风长驱直入，说这寓示着一个传统农耕国家向着海洋的诉求，大抵是不错的。

在杭州的一日，航管局的朋友安排了去看京杭运河入杭的古河道。从拱宸桥下船，坐的是豪华的水上巴士。船行时，桥正中石栏板上的"拱宸桥"三字正好扑入眼帘。拱者，两手相合恭敬相迎也，宸者，帝皇之宫阙也。桥以此名，正合清朝皇帝一次次下江南巡游的传说。

自隋代江南运河开凿以来，南北漕粮转运，悉走水道，昔年杭州的大关桥、卖鱼桥两岸，都是官办粮仓和私立米行林立的。桥西的直街，改建时依然保留了明清建筑的风格。这里曾经是明清时杭州最热闹的所在，当斯时也，舟楫往来，橹声可闻，人称"北关夜市"。从河上看街市，恍惚是另一个杭州了，一个时空变幻中的杭州。难怪运河申遗，这段古河道被称作了"运河历史的活化石"。

船行一小时至三堡船闸，这一段是京杭运河的古河道。内河与钱塘江落差三米，由此出钱塘江，须往闸内注水把船抬升。江阔风急，那辽阔自非内河可比了。

四

看了杭州的古河道，又去嘉兴看京杭运河。古运河在嘉兴境内的一段，是入杭前的尾声，如一部长篇临近杀青，余力尚猛，还是很旖旎的。

嘉兴境内的古运河，有百尺渎和陵水道。百尺渎为吴王夫差所开，位于海宁境内盐官西南四十里许，经长安直达钱塘江边，据推算应该是现在的上塘河。开凿的时间还早于公元前486年开凿的邗沟，后来越王勾践就是循这条河北上攻吴。陵水道是秦始皇时代挖掘的，有一种说法是，秦始皇挖通此河是为了掘断江南王气。该水道应该就是途经嘉兴落帆亭附近由拳辟塞的长水塘，至今仍是海宁进入杭申线的主航道。

在嘉兴德亨酒店用过中餐，车一直往北开，到与江苏省交界的思古桥下船，再坐船回乌镇。这是京杭运河在嘉兴境内的一段。朱彝尊写到过的运河两岸"樯燕樯乌绕楫师，树头树底挽船丝"的景象于今是不可见了。适逢大风天，下着一点小雨，清空的马达声里，看船头犁开水面，耳边恍恍都是古代的金戈相击之声了。

前两年我去油车港镇，吹着冷风看过天鹅湖和银杏林，再到王江泾。《左传》"定公十四年"条载："五月，于越败吴于檇李。吴子光卒。公会齐侯、卫侯于牵。"王江泾该是当年吴越争霸交战地。雨中登临万历五年建的长虹桥，桥身诚如其名，耸然如虹，石级森然，即便在整条大运河上,也是罕见的巨型三孔实腹石拱大桥,拾级而上,颇是领略了一番匠人时代的伟力。

这还只是河的东线。苏杭之间的江南运河还有一条西线,南宋后开凿,从苏州平望经湖州菱湖,循东苕溪,至勾庄,再抵杭州。行程紧促,这条线路只能留待下次去走了。

这一路看河,春秋、唐宋、明清,千年风物全都奔来眼底了。那河还是古河,就像撩人的月色,照着古人也照着今人,却又分明不是先前那一轮了。但传统的力量是如此巨大,那氤氲的气息弥漫几千年,从来不曾飘散过,就像法国年鉴学派史学家布罗代尔所说:"积年累世的、非常古老并依然存在的往昔注入了当今时代,就像亚马孙河将其浑浊的河流泻入大西洋一样。"

作者简介／赵柏田

作家,学者。著有《赫德的情人》《买办的女儿》《南华录:晚明南方士人生活史》《岩中花树:十六至十八世纪的江南文人》,以及"中国往事三部曲"《枪炮与货币:民国金融家沉浮录》《月照青苔:二十世纪南方文人生活小史》《民初气象:变乱之年的暴力、阴谋与爱情》等。

哲贵

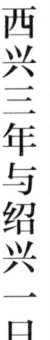
西兴三年与绍兴一日

西兴三年

很多时候,历史是以另一种面目出现的。或者说,历史发生在身边,而我们却毫无察觉。我对西兴的认识和了解便是如此。

2020年8月,因为孩子读书,我移居滨江区西兴东方郡,2023年3月离开。前后接近三年。完整地经历了大疫情时期。

西兴是个古镇,这个我知道。而且,我也知道,西兴原来是个码头,是浙东运河的西起点。西兴码头是东边货商北上的必经之路,也是北方货物南下的咽喉之地。由于运河和钱塘江的水位有三米左右落差,不能直接打通,货物南下,或者北上,需在西兴中转,于是,产生了过塘行这个行业。过塘行,是中国旧时经营运输业务的行栈,换成当下的表达,大概相当于货物中转站吧。

西兴古镇的过塘行盛极一时,有七十二爿半之说。从业人员分为挑夫、船夫、轿夫和牛车夫,等等,多达千人。

过塘行作为商业领域一个特殊工种,本身并不产生商业产品,却对商品流通起到巨大作用。我更感兴趣的，是过塘行的运行模式，在一个小镇，小码头，拥有那么多过塘行，拥有那么多从业人员，如果没有严明行业秩序，如果没有行之有效的行规，会出人命的。为了争夺客人和货源，每一次、每一天都可能大打出手，都可能血流成河。事实并非如此，商业社会更讲究逻辑和行规。在西兴码头的七十二爿半过塘行里，每一家过塘行，都有自己的主营业务，有的运转粮食，有的运转茶叶，有的运转烟草，有的运转药材，有的运转绸缎。必定会有几家过塘行是做同类业务的，譬如，属于浙江主要产品的茶叶和绸缎，肯定会有多家过塘行经营。竞争是难免的。竞争是商业的特性，没有竞争就没有商业。从根本上讲，商业的本性是不确定，是摇摆不定，是变化多端，是波谲云诡。这是商业文明有别于农业文明之处。在农业社会里，人是恒定的，土地也是恒定的，人与人之间的关系也相对恒定，甚至，风俗习惯与社会理念也是恒定的。农业社会是个自给自足的社会，商业社会的特征是以物易物，以币易物。商业以流通和盈利为目的。所以，在商业社会里，除了对从事行业的选择外，更需要用心经营的是与合作伙伴的关系。可以这么说，没有合作伙伴，就没有商业。因此，每一家过塘行，即使是运转同一项业务的过塘行，也会寻找和建立自己的固定合作伙伴——客户。对于商业来讲，客户是利益共同体。这里，必然会涉及商人的特性。在对商人的传统评价中，最常用的一个成语是：无商不奸。我们知道，无商不奸的成语，源自无商不尖。以前卖米的商人，用斗作为量器，盛满米之后，将斗口抹平，便算足量。而商家每次都会在量器上再盛一勺米，让斗口冒出尖来。这便是无商不尖的来由。其实，这才是商人的真正特性，对于商人来讲，营利是天职。不能盈利，生意无法维持。但是，要做到盈利，必须具备两个条件：一是有好口碑，只有好口碑才能吸引客户；二是需要固定客户。一个真正的商人，肯定明白这个道理，肯定是一个义利并举的人，肯定懂得有舍才有得，肯定是将信誉和信用看得与生命同等重要。只有懂得这些道理的人，才能将生意做好，才能将生意做大，才配得上称之为商人。西兴不过是一个弹丸之地，在过塘行盛行的时代，国家对人口迁徙的政策控制严格，从事过塘行的人，想必大多是西兴本地人，或者也有一小部分杭州城里人。据说，到了清代，红顶商人胡雪岩也在西兴码头投资了一家过塘行。做生意的人，是最懂得把握分寸感的，也最懂得和气生财的道理。过塘行能够在西兴码头盛行，肯定是所有过塘行业主共同参与的结果，也肯定是他们共同维护的结果。这里面，有行规，更有商业从业者的伦理。就拿那半爿做黄鳝转运的过塘行来讲，在黄鳝断季的时间，他完全可以转运其他商品，可以从其他过塘行嘴里抢一点食，即使不主动去别人嘴里抢食，也可以去码头碰碰运气。总会有一些临时散客过码头的。然而没有，转运黄鳝的过塘行只做这项业务，过了季节便关门停业。从不瞻前顾后，从不朝三暮四。这是生意人的坚守，也是商人的清高，更是人与人之间的信守。这种信守，在商人之间特别重要，也特别有意义。

  过塘行早就消逝在历史的烟尘之中。遥想当年，京杭大运河，南起余杭（今杭州），北至涿郡（今北京），全长约1 794公里，途中经过钱塘江、长江、淮河、黄河、海河五大水系，有多少过塘行因运河而生？又有多少过塘行因运河而亡？一个行业的兴起与衰败，其实也是一段历史的开始和总结。不同的是，过塘行烟消云散了，而浙东运河作为那段历史的特殊产物被保留了下来。

我寄住在东方郡时,常去江一公园跑步。那里有塑胶跑道,长约3.4公里。要在三条桥下穿过,其中有一条桥下的墙壁上,有几个红体大字:浙东唐诗之路。

没错,绕了半天,我终于说到重点了。西兴古镇,除了是浙东运河起点,还是浙东唐诗之路的起点。这个"起点"不是随便封的,仅仅唐代,就有四百余位有名有姓的诗人,经由西兴古镇,进入越地,东游名山大川,留下壮丽诗篇。这些诗人里,有杜甫、李白、孟浩然、贺知章、白居易、元稹,等等,他们都在浙东大地留下了名篇佳句。

我这里要说的是,桥下墙壁上,有一首白居易的诗《答微之泊西陵驿见寄》:

烟波尽处一点白，
应是西陵古驿台。
知在台边望不尽，
暮潮空送渡船回。

这是一首白居易写给他铁杆兄弟元稹的诗。元稹，字微之。

822年，7月，五十岁的白居易被任命为杭州刺史。次年，元稹被朝廷任命为浙东观察使兼越州刺史。在唐代，越州地位比杭州重要，地盘也大得多。但是，对于白居易和元稹来说，这不重要，重要的是，从此之后，他们能否经常见面，经常喝老酒，经常诗书唱和。可是，那时的交通不允许啊。现在从杭州到绍兴，开车一个小时，动车二十分钟。绍兴二年（1132年），宋高宗赵构，从绍兴移驾杭州，路上整整花了五天。元稹和白居易可以快马轻从，不需要五天，但是，无论走陆路还是水路，至少得花上一到两天。更主要的是，他们还必须跨过一条风高浪急的钱塘江。跨不过去啊。涨潮了，太危险了，命比什么都重要。派去接微之的渡船，在晚潮中颠簸着回来了，渡船里没有微之，微之只能在西陵驿站过一夜了。两人只能遥遥相望一夜。惆怅了，有多少酒想和他喝，有多少话要对他说，内心的情绪无法平息，如波涛汹涌，喷薄欲出。不行不行。写诗写诗。见寄见寄。

白居易在杭州的时间很短。二十个月后，朝廷任命他为苏州刺史。而元稹在浙东的时间则长达六年。时间长短不重要，重要的是，他们在任上都尽心尽职，兴修水利，体恤百姓，分别在杭州和浙东做了实事。譬如，白居易对西湖的治理，譬如，元稹对浙东运河的疏浚。

还要补充一句的是，白居易诗中的西陵，即西兴。唐诗中常见的西陵渡，指的便是这个地方。

绍兴一日

我是2023年9月28日去绍兴的。早上八点二十分从杭州家中出发，驾车上空港高架路，后转入杭州湾环线高速，一个小时后，到达绍兴迎恩门。马炜已经在那里等我。

绍兴，我去了多少次？十次？二十次？没有统计过。我和马炜开玩笑说，进入城区之后，看见马路两边的指示牌，我发现，绍兴的历史文化名人真多啊，而且，每一个名字都是如雷贯耳，每个人都在某种程度上影响了中国历史文化的进程。这在其他城市是少见的，至少我没见过。

以前来绍兴，有各种名目。文学与艺术肯定是最充分的理由，肯定也是次数最多的，百草园和三味书屋肯定是要去的，沈园肯定是要去的，兰亭肯定是要去的，大禹陵肯定是要去的。等一等，也有几次是专为喝酒而去的。我有个朋友叫孙国平，以前是古越龙山总经理，是个爱酒之人，对朋友更是豪爽义气，时不时招去同饮。

咳，因公因私，绍兴肯定是我去得最多的城市之一。

这一次，我是因浙东运河而来。浙东运河共分三段，自西而东，西兴开始，到钱清，属于萧山段。从钱清到上虞属于绍兴段。上虞过去，一直到镇海入东海，属于宁波段。全长239公里。这一次，我想走一走绍兴运河，找一找当年的"漕运国道"。

这是一趟"冒险之旅"。如果说，浙江是江南水乡，那么，绍兴可以算"水乡"之中的"水乡"。在绍兴境内共有7031条河道，总长为11009公里，试问，哪一条才是浙东运河？哪一条才是当年的"漕运国道"？

既然提起"国道"，在绍兴，还有一条在春秋晚期，由范蠡主持开凿的山阴古水道,全长约二十公里,那大概是我国最早的人工运河了吧,至少是之一。现在据说也是浙东运河的一部分,西起绍兴五云门,东至曹娥老坝底。所以,没有人能够说得清,浙东运河有多少条,至少在绍兴境内是如此。

我和马炜相约在迎恩门会合,是有原因的。马炜听说,当年绍兴城内的运河,迎恩门是西起点,东到都泗门,全长3.35公里。啊,当年的绍兴城,只有这么大吗?

我们从米市街开始步行,穿过迎恩门,便算正式进入绍兴古城了。穿过城楼之后,我们顺着运河,沿着北海桥直街,从西往东走。一路上,我在心里嘀咕,这里真是古运河?古运河不可能这么窄呀?因为,我们走过的这段运河,目测宽度大约三米。这个宽度,两只小货轮都无法交会,怎么可能是当年的"国道"?大约一公里之后,我们左拐穿过一条古越龙山桥。我突然想起来了,这地方以前来过,而且不止一次。这条路叫下大路,右边是运河。左边是一家酒楼。我在这家酒楼吃过饭。当然是孙国平安排的。我当时根本不知道,酒楼就在运河边上。酒楼过去,是地方国营绍兴酒厂旧址,再往东,便是著名的中国黄酒博物馆。下大路右边的运河,虽然河宽不过三米左右,但从沿河人家的建筑可以看出来,早年水运的繁荣——每户人家都有一个小码头,每家每户都拥有自己水上交通工具,繁忙时节,运河之上,船只来回穿梭,几乎覆盖了河面。

这个时候,我突然想起了一个温州人。他叫王十朋。王十朋是南宋诗人,在温州有很多传说。他生于1112年,卒于1171年,参加过七次科举考试,第七次被宋高宗钦点为状元。这一年,他已经虚岁四十六了(温州人算虚岁),被授为绍兴府签判,冬天赴任,至四十八岁秋满离任。他在绍兴前后两年。签判不是主官,大约相当于现在的市政府秘书长,所以,他在绍兴,没有留下政绩可供查询,但他留下了三篇文章,其中一篇叫《会稽风俗赋》,文中有一句"浪桨风帆,千艘万舻",描绘的正是绍兴运河上的繁华景象。

这么窄的航道,"千艘万舻"如何行驶?

过了黄酒博物馆,我和马炜继续沿着运河往东走,便到了上大路。再往前走,就到了小江桥,斯继东已经按照约好时间,在那里等我们了。

跨过小江桥,进入小江桥河沿路。这个名字有点怪。马炜告诉我,绍兴人以前称运河为河沿,小江桥河沿,大概就是小江桥运河的意思吧。再往东走,便进入萧山街。萧山街尽头,是中兴中路,与之交叉的是胜利东路。运河到这里消失了。斯继东查了地图,说不是消失,而是变成地下水了,被城市建设"覆盖"了。他带领我们,穿过中兴中路,沿着胜利中路,向右进入广宁桥直街,来到了八字桥。这时,运河又出现了,在八字桥下蜿蜒而行。

八字桥是座水上立交桥。桥下有乌篷船游荡,桥上有穿唐装的女子在拍照。

下午,我们去了集云路的浙东运河博物馆。出来后,我们去看博物馆后面的西兴运河。一站到运河边,早上的嘀咕和疑问便迎刃而解了。这里的河面最少有十米宽,比高速上的八车道还宽阔。而且,名字就叫西兴运河。或许,这条运河,才是当年的"国道",而我们早上在绍兴城内所见的,只不过是运河的一条分支。

随后,马炜驾车,我们又去了柯城区的古纤道。也就是以前运河上供纤夫行走的路,据说全长近十公里。我们去的这一段古纤道,大约一公里,是用三条石条架在水面而成。站在古纤道之上,我更坚信了刚才在西兴运河时的想法——这里的河面更宽,至少比刚才宽一倍。问一个正在那里打捞水草的护工,他说运河中央水深在六米以上,他打捞水草的竹竿是六米,根本探不到底。

其实,站在古纤道上,我已经不再纠缠河面的宽与窄、河水的深与浅了,更不再试图探寻哪条运河才是当年的"漕运国道"。对于浙东运河来讲,特别是对于绍兴段运河而言,追寻宽与窄、深与浅以及谁才是"国道",可能是没有意义的。因为,对于一个旅人来讲,或者,对于商人而言,这些都不重要,重要的是他们的旅途是否顺利、便捷和安全。最主要的是,哪条运河更加便于他们出行和按时归来。还有什么比这最重要?

从我的角度来讲,何尝不是如此?我要寻找的,或许根本不是当年的"漕运国道",甚至也不是有多少条运河。我要寻找的,可能是自己,以及和运河某种说不清道不明的关系和想象。

还有马炜和斯继东,这两个绍兴人,长期与运河为伴,接受运河的滋养。可是,他们的内心,并无清晰的判断和证实,运河对于他们的意义为何。然而,我又隐约感觉到,某种意义上,他们似乎就是我要寻找和确认的那条运河。

作者简介 / 哲贵

浙江温州人,浙江省作协副主席。出版小说《猛虎图》《信河街传奇》《某某人》等,非虚构作品《金乡》等。获汪曾祺文学奖、郁达夫小说奖。

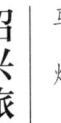

绍兴旅馆

一

大运河流到绍兴，一生二，二生三，河道变成河网，揉在一起的千种愁怨万般风情终于条分缕析，重新命名，次第汇入这座水上城市。"水消失在水中"，千桥之城也就做了透析般活泛起来。

十六年前我离开县城投奔绍兴，在河边赁屋居住，继续我的职业生涯。十六年里，挪了好几个地方，每个租屋都在河边，仿佛过着游牧生活。绍兴城早就被大运河网格化了，河像自家养的狗，走哪儿都跟着。我住的第一个地方叫铁甲营，窗外隔条街有环山河从绍兴饭店北门——曾是张岱的私家花园——流过，隔壁有条街又唤作香粉弄。铁甲营和香粉弄怎么会紧挨着，让人产生很多想法，它们也经常在我的小说里出现。我住的第二个地方叫府河街，紧傍府河，南边通投缳河，是勾践征吴洒酒祭旗的地方；北边连着鲁迅故里，再往北接上小江桥河沿。府河是古山阴会稽的分界线，"山阴不管会稽不收"就典出我的屋前。第三个地方叫严家潭，屋后是凤则江，它比市内别的河道宽好几倍，经常有蚂蚁排着队千里迢迢从江边侵入我的书桌抽屉，啃食我的方糖。作为一个外地人，在江边行走很容易迷路，因为有许多转角和分叉，你不得不随机选择一条水道接着往前走，巴望着最后能回到起点。我还在西小河边一个叫武勋坊的地方住过，傍晚出门买下饭的熟食，总能遇见穿多兜马甲的摄影师在石拱桥上来回奔忙，抢拍日落时分的美景，要把大运河这一段独有的人间烟火气息收入镜中。这些河无论怎么曲折迂回，最后全在都泗门外重新集结，进入山阴故水道，流过肥沃的山会平原东部，在上虞地界兵分两路，再取道宁波直奔东海。

20 世纪 80 年代的第一个夏天，我从技校毕业，等待分配，眼看就能自食其力了，便揣着父母给的几块钱，第一次出门旅游，目标苏州。数十年之后，那次行程的许多事情都忘了，能回想起来的只有两件事。一件是在苏州城内运河码头露宿，头天晚上刚花两毛钱新买的草席被偷，一整天都在纳闷那小偷到底用了何种手段竟然从一个大活人身下抽走整张席子。另一件事就是亲手触碰到了中国大运河。我从县城坐公共汽车，在尘土飞扬的 104 国道上颠簸五个小时到达杭州，傍晚时分登上前往苏州的客轮。感觉就是条水泥船，上面加个铁皮盖子，两侧挖出几个窗洞，而已。窗洞下是铺位，我趴在窗前，河水几乎与窗沿齐平，船帮激起的水花又细又密，客客气气地溅到我的脸上。夜色如墨，水色如墨，从这么低的视角望出去，水面格外辽远，仿佛无穷无尽，岸边那些缓缓后退的灯光便成了渔火，又像一个个黄金盒子，收藏着各种各样的秘密。

我将胳膊伸出窗外，五指插入水中。那年我刚满十七岁，浑没将世事放在眼里，想着自己的未来自然也收藏在某个地方的黄金盒子里，等着我去开启。水顺着收拢的指缝激射而上,直冲肩膀。手插向水深处,作游鱼状,胳膊成了船鼻艏,劈波斩浪,勇往直前。

二

科学家们认为,要么是气候变化和地球膨胀,要么是地球自转加快或减慢,要么是大规模地质构造运动导致海平面上升,远古绍兴地区曾浸泡在海里长达万年。又由于相同原因的周期变化,海平面下降,海水退去,绍兴便重见天日。这样的海侵海退有过三次,那些沉积下来的岩石碎屑和远古海虫化石,比如第一次的星轮虫,第二次的假轮虫和第三次的卷转虫,像信使一样给后世带来惊心动魄的故事。每次都这样。最近一次浮出海面是大约六千年以前,可怜见的她已经在水里泡了六千年,被折磨得不成样子,《水经注》说她"万流所凑,涛湖泛决,触地成川,枝津交渠",沟沟坎坎像皱纹挤满疲惫的脸。文学家们说,不知道过了多少年,大禹来南方治水,"毕功了溪",那些皱纹捋顺了些,人类便在这里繁衍生息。又过去不知道多少年,大概春秋时期吧,这里的人们在钱塘江和会稽山之间建起一座城,取名"山阴",顾名思义,城在山的北面。为什么不建在阳光更好的南面呢?因为南面是连绵的群山,除了会稽山,还有龙门山、四明山和天台山,找不到一块足够大的地方容纳快速扩张的族群,唯有这条自西向东的狭长走廊是上天应许给越人的"膏腴之地"。

那就安顿下来吧。

三

在绍兴住过的这么些地方中,府河街是我最喜欢的。本地人经常念叨府河以前很宽，是水城的中轴线和交通主干道，只是上面行走的不是车，而是船，"舟车楫马"嘛。后来人们把它填掉一大半，河道成了马路。没填掉的东侧河道还剩十来米宽，也就是条缝，算是留下个名分，仍唤府河，它的东侧河岸也仍叫府河街。

饱受挤压的府河街和府河相依为命，成了根"盲肠"。那些年，我天天从它身边走过，却从没弄明白过它到底从哪里开始到哪里结束；因为水势平缓沉静，我甚至搞不清它的流向。绍兴的大多数河道都这样，有的地方露天，是明河，有的地方钻入地下，是暗河。要搞清楚这些"枝津交渠"的复杂关系，得请水利专家作至少三场专题讲座。我门前这段倒是明河，有条名叫星郎桥的小石桥跨在河上，连接起解放路和府河街。我时常在桥上流连，看从桥脚长出的夹竹桃花开花落，跟一位坐在桥栏上的老人一起抽烟闲聊天，幻想着自己就是那具倒在桥上的尸体，头在山阴，脚在会稽，跟个皮球似的让两县捕快踢过来踢过去。

府河街从星郎桥往北到大云桥这一段，有个花鸟市场，挤挤挨挨的全是小门脸儿，小狗、鲜花、巴西龟、伪造的古钱币和货真价实的越南盾、手杖、油炸臭豆腐、廉价胸针、心脏起搏器、皮揣子、八二迫击炮硕大的弹壳、一丝不挂还缺胳膊少腿的塑料模特、节拍器、影印本的《资治通鉴》……什么都能找到且价钱公道。我的邻居老张是诸暨人，开家茶叶店，门口挂个鸟笼，里边养头鹦鹉，每次经过它都会用诸暨话嚷嚷两声，我问老张它说什么，老张红红脸说，它瞎说的。

那时候，因为有鲁迅故里的加持，府河街可以说是古城人流量最大的地方。每天早晨，我都会被花鸟市场里的狗和鸟叫醒，恍如身处林中。接着是对门的"有间旅馆"和"明亮眼镜"卷闸门升起的轰鸣，

再接着是人声,远远近近,南腔北调,连猜带蒙十句里倒也能听懂两句半。然后是气味,混杂在一起一波一波若有若无,得仔细辨别才分得清,但府河的土腥味总是在的。我抖擞精神,出门上班。晚上回来,多半已是天黑,有时候清醒,有时候大醉,都是倒头便睡,于半梦半醒中,听见一拨一拨的旅人来有间旅馆投宿,大多是兴致很高的背包客,总是要吃夜宵的。伙计就把桌子搬到河边"添酒回灯重开宴",就着茴香豆喝黄酒。喝着喝着就唱上了。有一次真的来了个乐队,吉他玩得很溜,嗓音也沧桑,用英文翻来覆去唱同一首歌,因为好听,我竟然生生记住了,只是很久后才知道这是首什么歌。许多个夜晚,无论醉与不醉,过星郎桥时,总能看到有个人在河边的一堵墙下收渔网,嘴里斜叼根烟,烟头忽明忽暗,那半张脸也在暗夜里忽隐忽现。他身后那堵墙就在夹竹桃边,临水,石砌基脚伸入水中,大概墙和石基之间有个凸沿,刚好能撑住他的半只脚掌,他贴墙而站,远远看去,就是个把自己挂在墙上的悬空人。

四

越人在山阴安顿下来,开始跟水死磕。

山阴城南群山屏列,众多溪水顺流而下,被称作"三十六源",为绍兴提供了丰沛的淡水资源。可是在北边,海水顺着钱塘江、浦阳江和曹娥江倒灌进来,不但使土地盐碱化,还把淡水给糟蹋了。于是,先民们挖了条人工河,用来抵御咸潮蓄积淡水。据绍兴本地文史专家研究,这条人工河西起浦阳江,东至曹娥江,横贯山阴故城,史称"山阴故水道",是中国大运河南端最早立起的骨架,没有它,就不可能有今天的浙东大运河,而中国大运河,也将到杭州戛然而止,成为没有脚踝的巨人。

但很快,以山阴故水道为主干的水利系统就不足以应对快速发展的农业经济。东汉末年,见识过都江堰的四川人马臻到绍兴当太守,借助山阴古城东西两面的故水道,筑成人工大湖,是为闻名遐迩的鉴湖,绍兴水系从山阴故水道时代进入鉴湖时代。又过去一百多年,贺循到会稽当内史,再次面临水资源跟不上时代发展的老问题,就挖了条漕渠,西起西陵渡,东至山阴古城,史学家们认为,浙东大运河这时候全线贯通。到了明代,绍兴知府汤绍恩发现海潮入侵的旧病复发,遂修建三江闸,彻底消除这一心腹大患。至此,千百年来狼奔豕突的河湖港汊,终于被一代一代天才的越人后裔用闸堰埭坝收拾得服服帖帖。它们秩序井然,有条不紊,而且都拥有一个属于自己的响亮的名字。

五

六年前我搬到快阁苑，它紧傍鉴湖，是我在绍兴住得最长的一个地方，也是最后一站。

即便在当时，快阁苑也是个老小区。说老，倒也不是指建筑或者形制的老，而是指它还保留着村庄的范式。住户们打招呼的嗓门中气充沛，喜欢在树荫下打麻将，有暖阳的冬日会在车棚前点上球饼炉，烧水喝茶，谈论中美贸易战。最让我惊讶的是，有段时间每天晚上都会有个吆喝声从楼群间响起，用的是绍兴土话，我听了将近一年才将他的叫喊声全部破译："各位住户，关好门窗，关好车棚车库，关好煤气，火烛小心，防止小偷！"这不就是传说中的打更吗？

进进出出的也都是老人。我租的这幢房子的底楼就住着一对老年夫妇，铁艺防盗门总是敞开着。老先生身形高大，有一头雪白茂密的头发，房间里的光线被堆得到处都是的书刊报纸遮掩了，有些暗，他就坐在故纸堆中听收音机，小个子的老太太轻轻从他边上走过。一进入楼道就能听见收音机里讲的故事，爬到三楼还能听见。故事大多发生在战争年代，红军、八路军、连长、鬼子……翻来覆去的全是这些。就想起以前给女儿讲故事，一则《白雪公主》天天讲她也听不厌。人老了就像小孩，同样的故事他也听不厌。去年有一天，一直敞开着的门关上了，有把老旧的藤椅放在门前。一个月后，门把手上贴了张电费催缴单。直到现在，那把藤椅和电费催缴单都还在，像极了老夫妇本人，只是没了讲故事的人。

我住顶楼，南边窗外原来是一溜平房，两年后拆成临时停车场，视线打开，鉴湖便赫然呈现在眼前，这么近，一伸手就能碰到。头几年还有长长的驳船从湖上缓缓驶过，后来就没了，或者是我没注意到，倒是有色彩艳丽的皮划艇经常从水面掠过。它们从东边马臻墓旁的水街下水，逆流向西，箭一般射向钟偃闸，白亮的水鸟在它们头上伴飞，等候被船桨拍晕的小鱼浮出水面。晴好的日子视线更无遮挡，纵深向南，能抵达在蜃气中微微颤抖的会稽山，那里"谢公宿处今尚在，渌水荡漾清猿啼"。

我在浙东大运河博物馆里看到过一张图，叫《东汉鉴湖水利图》，画着古代山会平原的样貌，像极了蝴蝶。古城是身体，东鉴湖和西鉴湖是它亮开的双翅。如今，东鉴湖已经没有了，西鉴湖也只留下一条狭长的水道，与其说是湖，不如说是河。也就是说，我住的这个快阁苑在古代是西鉴湖的湖面，大运河流到这里豁然开朗，一平如镜，照着明月，是李白梦中流连的地方："我欲因之梦吴越，一夜飞度镜湖月，湖月照我影，送我至剡溪……"而剡溪正是我的县城所在。

我内心的焦虑因此而大大释放。顶着作家的名号来绍兴，把自己关在租屋里，声称要写小说，却浑浑噩噩，没写出几个字来，往往一包烟下去，Word 文档上还是一片空白。好不容易写下去了，又处处疑神疑鬼，举棋不定，总有一种在邪路上越走越远的感觉，越写越怀疑自己。整个写作过程，就是跟自己的怀疑搏斗的过程，于是又停下。

有一个问题可能伴随写作者的一生，你不写的时候它是不会出现的，一旦提起笔来，它就幽灵般出现：我为什么写？写作的意义何在？当你卡顿的时候，它简直光芒四射。于是各种焦虑各种绝望成为一种常态，慢慢地也就适应乃至于就喜欢上这种状态，算是文学斯德哥尔摩综合征吧。就那么坐着，写着，文章没写成，倒写出一身肥膘，只好去跑步。

我从快阁苑北门出去,跨过废弃的铁道,沿胜利西路往西跑。胜利路延伸到这里已经清静不少,两边的人行道被高大的树木覆盖着。左手边不远处是鉴湖,右手遥指的则是西兴运河,像三条平行线并驾齐驱。第一口气只能跑到大龙桥,到桥中央已经气喘吁吁,就慢下来步行。第二口气跑到秋水桥,第三口气到长天桥,接下去是晚晴桥、锦浪桥,过陆游故里旁的韩家桥后就是折返点行宫庙。每过一座桥都要慢下脚步理顺呼吸。桥的名字都刻在石栏板上,是一个个目标,是支撑我跑下去的诱饵,我当然记得;桥下的河道叫什么名字却没怎么理会,只知道它们一头连着鉴湖,另一头连着运河,而在东汉,它们是连成一片的,都叫鉴湖或者镜湖。想着自己这是在鉴湖上奔跑,内心的河流也就慢慢归位,划出明晰的轨迹。有时候你根本不用思考,更不用思辨,吸足了气向对岸跑去就是了。生活在河边,水道本是你天然的坐标。

六

河上的奔跑帮我完成写作任务,河边居住的日子也将画上句号。我说不出这样的生活给了我什么启示,也说不出这张广袤的运河之网对我来说意味着什么;它是我人生的一部分,是如此心有不甘地被拉入我的生活,不得不目击我的一言一行,被迫成为我干任何一件事的同谋。在人生的这一阶段,我终于知道了自己的底线在哪里,知道我的天花板何在,知道我该干什么,什么是我无论如何也不会苟同的,又有哪些事情只可远观不可近亵,我在这里打开了我的黄金盒子。这些都不会因我的离去而消失,正如"有间旅馆"门前那些背包客的歌声。他们唱的是老鹰乐队的名曲《加州旅馆》,最后几句是这样的:

我记得最后一件事，

我朝那扇门夺路而逃，

我得找到回去的走道，

好回到我原来所在的地方。

别紧张，那值夜的说，我们注定要接受这一切，

你可以随时退房，

但你永远不能离开这个地方。

作者简介／马炜　　作家，著有长篇小说《花蛇女》、小说集《十步杀一人》等。

图书在版编目(CIP)数据

流淌于时间之上：文化名家走读大运河 / 颜光明，陆梅主编 .— 上海：上海社会科学院出版社，2024
 ISBN 978 - 7 - 5520 - 4353 - 2

Ⅰ．①流… Ⅱ．①颜… ②陆… Ⅲ．①散文集—中国—当代 Ⅳ．①I267

中国国家版本馆 CIP 数据核字(2024)第 067242 号

流淌于时间之上：文化名家走读大运河

主　　编：颜光明　陆梅
责任编辑：应韶荃
封面设计：周清华
作家肖像画：郭天容
出版发行：上海社会科学院出版社
　　　　　上海顺昌路 622 号　邮编 200025
　　　　　电话总机 021 - 63315947　销售热线 021 - 53063735
　　　　　https://cbs.sass.org.cn E-mail：sassp@sassp.cn
照　　排：南京理工出版信息技术有限公司
印　　刷：上海新文印刷厂有限公司
开　　本：890 毫米×1240 毫米　1/32
印　　张：7.375
字　　数：173 千
版　　次：2024 年 4 月第 1 版　　2024 年 4 月第 2 次印刷

ISBN 978 - 7 - 5520 - 4353 - 2/I・520　　　　　　　定价：48.00 元

版权所有　　翻印必究